Christian Tielmann

Die Zeitenläufer
Verschwörung im alten Rom

Christian Tielmann

Die ZEITEN LÄUFER

Verschwörung im alten Rom

Mit Illustrationen von Michael Bayer

cbj

cbj ist der Kinder- und Jugendbuchverlag
in der Verlagsgruppe Random House

FSC
Mix
Produktgruppe aus vorbildlich
bewirtschafteten Wäldern und
anderen kontrollierten Herkünften

Zert.-Nr. SGS-COC-1940
www.fsc.org
© 1996 Forest Stewardship Council

Verlagsgruppe Random House FSC-DEU-0100
Das für dieses Buch verwendete FSC-zertifizierte Papier *EOS*
liefert Salzer, St. Pölten.

Gesetzt nach den Regeln der Rechtschreibreform

1. Auflage 2007

Umschlagbild und Innenillustrationen: Michael Bayer
Lektorat: Martina Patzer
Umschlagkonzeption: Basic-Book-Design, Karl Müller-Bussdorf
MP · Herstellung: WM
Satz und Reproduktion: Uhl + Massopust, Aalen
Druck: GGP Media GmbH, Pößneck
ISBN: 987-3-570-13242-5
Printed in Germany

www.cbj-verlag.de

Die Zeitenläufer

1. Kapitel

Wach auf, Lenz!«

»Ich denk nicht dran!«

»Wach jetzt auf!«

Lenz kannte diese Träume. Sie waren ganz schön lästig: Er träumte immer wieder, dass ein Mädchen aus dem Mittelalter vor seinem Bett stünde. Aber Lenz wusste: Sobald er die Augen öffnen würde, wäre das Mädchen verschwunden, und er hätte wieder das Gefühl, sich lächerlich gemacht zu haben.

»Nun mach schon!« Jemand rüttelte Lenz an der Schulter.

Das war neu. Träume rütteln nicht. Träume zerren an den Nerven. Träume täuschen falsche Tatsachen vor und jagen einem eine Mordsangst ein. Aber sie rütteln nicht an Schultern. Lenz öffnete vorsichtig ein Auge. Und war sich für einen Moment nicht ganz sicher, ob er nicht auch das träumte – aber nein, im Licht, das der Mond durch das Dachfenster warf, stand da tatsächlich: das Mädchen aus dem Mittelalter. Das Mädchen mit den knallroten, schulterlangen Haaren, die im Mondlicht silberig schimmerten.

»Fenne!« Lenz setzte sich im Bett auf. »Was machst du denn hier?«

Fenne legte einen Finger an die Lippen. »Zieh dich an, wir haben nicht viel Zeit!«, flüsterte sie.

Lenz krabbelte hastig aus dem Bett. Dass Fenne nicht nur zum Plaudern zu ihm ins einundzwanzigste Jahrhundert gekommen war, hatte er sich fast gedacht. Er schlüpfte in die Shorts und angelte sich das T-Shirt vom Stuhl.

Das Mädchen musterte seine Klamotten. »Das ist also bei euch Mode?«

Lenz zuckte mit den Schultern. »Ich habe keine Ahnung, was zurzeit Mode ist. Das musst du Henrik fragen.«

»Mach ich«, sagte das Mädchen. »Wir holen ihn ab.«

»Jetzt? Hast du eine Ahnung, wie viel Uhr es ist?«

Fenne sah ihn kopfschüttelnd an. »Ich bin gerade 829 Jahre weit zu euch gereist. Da kommst du mir mit der Uhrzeit?«

Lenz grinste. Sie hatte recht. Fenne war fast tausend Jahre durch die Zeit gereist. Da kam es wirklich nicht auf eine Stunde mehr oder weniger an. Er sah auf seinen Wecker. Es war halb zwei in der Nacht.

»Ob du es glaubst oder nicht. Wir können nicht einfach mitten in der Nacht zu Henrik gehen«, sagte er.

Fenne verzog keine Miene und schwieg. Sie schwieg ihr Ich-kann-das-aber-doch-Schweigen, das Lenz schon kannte. Fenne konnte ein ziemlicher Dickschädel sein, wenn sie etwas wirklich wollte.

»Wenn Kinder nachts ohne Eltern durch Köln spazieren, werden sie von der Polizei festgenommen und nach Hause gebracht – oder direkt ins Kinderheim oder was weiß ich.«

Fenne atmete auf und grinste. »Ach so! – Du meinst, wir dürfen uns nicht erwischen lassen?«

Lenz wiegte den Kopf hin und her. »Ja, so könnte man das auch sehen.«

Fenne warf ihm seine Turnschuhe zu. »Alles klar. Ich hatte nicht vor, mich erwischen zu lassen. Ich wollte nur Henrik abholen! Und jetzt komm!«

Lenz zog sich zögernd seine Schuhe an. Ein Mädchen wie Fenne gab es nicht noch einmal. Nicht in der Schule, nicht in seiner Verwandtschaft und auch nicht in der Nachbarschaft. Wahrscheinlich gab es auf der ganzen Welt und in allen Zeiten niemanden, der so locker wie Fenne sagen konnte: »Ich hatte nicht vor, mich erwischen zu lassen.«

Sie schlichen sich aus Lenz' Dachzimmer und stiegen die knarrenden Stufen hinunter. Im ersten Stock stand die Tür zum Schlafzimmer von Lenz' Eltern einen Spalt offen. Er blieb stehen und lauschte in das dunkle Zimmer. Er hörte beides: das tiefe Schnarchen seines Vaters und das leichte Atmen seiner Mutter. Lenz warf einen Blick über die Schulter. Fenne zwinkerte ihm zu. Sie stiegen hinunter ins Erdgeschoss.

»Kannst du Fahrrad fahren?«, flüsterte Lenz.

Das Mädchen starrte ihn an. »Was ist Fahrrad?«

Lenz schlug sich kopfschüttelnd mit der Hand vor die

Stirn. »Sorry, mein Fehler. Natürlich kannst du nicht. Kannst du ja gar nicht können!« Schließlich hatte er gerade vor ein paar Tagen in seinem neuen Buch über die Erfindungen der Menschheit gelesen, dass das Fahrrad erst 1817 von Karl Drais erfunden worden war. Und das war für Fenne immer noch rund 650 Jahre zu spät.

Lenz drückte die Klinke herunter, öffnete die Haustür und sagte zu Fenne: »Willkommen im einundzwanzigsten Jahrhundert. Bleib immer dicht an meiner Seite und hüte dich vor allem vor den Autos!«

Sie traten hinaus auf den schmalen Bürgersteig der Kettengasse. Die Straße war menschenleer um diese Uhrzeit. Nur von der nahen Ehrenstraße und vom Friesenwall hörten sie das Gelächter und Geschrei aus einer der Kneipen, die niemals schließen.

Fenne stand auf dem Bürgersteig und bekam den Mund nicht mehr zu. Sie starrte die Häuser auf der anderen Straßenseite an.

»Puh, sehen die hässlich aus!«

Lenz lachte. »Das kann man wohl sagen!«

»Und sie sind so hoch!«

Lenz zog sie am Ärmel. »Los, wir haben es doch eilig!«

Sie liefen die Kettengasse hinauf, bogen in die Pfeilstraße ein und rannten diese hinunter bis zur viel befahrenen Hahnenstraße.

»Was ist das?« Fenne krallte sich an Lenz' Arm fest und deutete auf ein Auto, das an ihnen vorbeibrauste.

»Das ist ein Auto. Und da kommen noch eins und noch

eins!«, sagte Lenz. »Bleib immer auf dem Bürgersteig.« Er zeigte Fenne die Bordsteinkante.

Sie rannten die Straße entlang. Als sie durch das Hahnentor auf den Rudolfplatz liefen, blieb Fenne plötzlich stehen. Sie betrachtete das alte Stadttor, das da ziemlich einsam auf dem Platz stand, um den auch jetzt noch der Verkehr brauste.

»Ist das alles, was noch übrig ist?«, fragte sie. »Ist das alles, was noch übrig ist von unserer neuen Stadtmauer?«

Lenz seufzte. Es musste für Fenne völlig verrückt erscheinen: Die Stadtmauer, deren Reste sie in dieser Nacht sah, wurde zu ihrer Zeit gerade erst mit viel Mühe errichtet. »Es gibt hier und da noch ein paar Reste, aber sie sind zu nichts mehr nütze.«

Sie liefen weiter und überquerten die breite Ringstraße.

»Warum braucht die Stadt keine Mauern? Gibt es keinen Krieg mehr?«, fragte Fenne.

Lenz schnaufte schwer durch die Nase. Solche Fragen stellte nur Fenne. Die Fragen klangen ganz einfach, aber die Antworten waren irgendwie ziemlich schwer zu geben. »Doch, es gibt noch Kriege, aber nicht in Köln. Und auch nicht so, wie du es kennst, mit Rittern und Fußvolk.«

Sie überquerten die Straße und tauchten in das Gewimmel aus kleinen Straßen ein, in dem Henriks Eltern ihre Firma hatten.

Henriks Eltern programmierten Antivirenprogramme. Und Lenz hoffte inständig, dass Fenne ihn nicht fragte, was genau Henriks Eltern machten, um ihr Geld zu verdienen. Denn wie sollte er Fenne, die nicht die leiseste Ahnung davon hatte, was ein Computer war, erklären, was das Internet, ein Computervirus und ein Antivirusprogramm waren?

Die Arnheims hatten im Vorderhaus ihre Firma, das Hinterhaus hatten sie sich wie eine Villa ausgebaut. Allerdings nur von innen. Von außen sah das Gebäude aus wie ein ganz normales, gut gepflegtes Hinterhaus: Sauber verputzt und frisch gestrichen. Eine Feuerleiter führte hinauf bis zum vierten Stockwerk. Lenz und Fenne mussten aber zum Glück nur bis zum Fenster im ersten Stock klettern. Denn dahinter schlief Henrik.

Sie brauchten nur zweimal an die Scheibe zu klopfen, schon stand der Junge am Fenster. Manchmal fragte sich Lenz, wie Henrik das machte. Irgendwie schien der einen wesentlich flotteren Motor in sich zu haben als er selbst. Noch während Lenz diesem Gedanken nachhing, hatte sich Henrik angezogen und kam aus dem Fenster geklettert.

»Auf geht's, Träumer!« Henrik deutete mit dem Kinn nach unten in den Hof. »Die Alte Wöhr wartet mit einem neuen Spezialauftrag für uns!«

Lenz verdrehte die Augen. *Spezialauftrag!*, wenn er das schon hörte! Henrik tat immer so, als wären sie regelrechte Geheimagenten. Dabei waren sie im Grunde nichts weiter als Postboten. Nur eben nicht Postboten, die eine Nachricht oder ein Päckchen von einem Ort zu einem anderen Ort brachten, sondern Postboten, die eine Nachricht oder ein Päckchen von einer Zeit in eine andere brachten. Und das war aufregend und lebensgefährlich genug – zumindest für Lenz' Geschmack.

Die drei Kinder rannten zurück in die Kettengasse und schlüpften in das schmale Haus, in dem Lenz mit seinen Eltern wohnte. Sie schlichen sich in den Abstellraum im Keller. Über den Kisten, die seit dem Einzug hier standen, schwebte es: das Zeitloch. Es war so unscheinbar, dass man es übersehen musste, wenn man nicht wusste, wo es war oder was es war, denn dann würde man es lediglich für einen Schatten halten. Fenne machte den Anfang: Sie stieg auf die Kisten, hielt sich am Rand des Lochs fest, zog sich hoch und ließ ihre Füße in das Loch gleiten. Lenz hatte sich noch immer nicht an den Anblick gewöhnt, obwohl er es schon einmal gesehen hatte: Es sah aus, als würde Fenne einfach in der Luft verschwinden.

»Bis gleich!«, sagte sie noch. Dann ließ sie den Haltegriff aus Marmor, der am Rand des Zeitlochs hing, los und verschwand darin.

Henrik folgte ihr. Dann stieg auch Lenz auf die Kisten.

Er schwang sich auf den Rand des Zeitlochs und ließ seine Beine in das schwarze Nichts gleiten. Er hielt sich am Anker, dem Haltegriff aus Marmor, fest und tauchte tiefer in das Loch ein. Dann zählte er bis drei und ließ los. Es war so ein Gefühl, als würde er in Wasser eintauchen. Oder darin aufsteigen. Jedenfalls verlor Lenz jegliches Raumgefühl. Er ruderte mit den Armen, um den zweiten Anker, den die Alte Wöhr ins Zeitloch gehängt hatte, nicht zu verpassen. Und erwischte ihn auch ausnahmsweise beim ersten Versuch.

Als sich Lenz an diesem zweiten Anker aus dem Zeitloch zog, betrat er genau denselben Raum, den er soeben erst verlassen hatte. Den Keller des Hauses in der Kettengasse. Allerdings war es nicht dieselbe Zeit: Er war gerade 829 Jahre zurückgereist. Und das hieß: Der Keller sah nicht mehr so aus, wie er ihn soeben noch hinterlassen hatte. Der alte Schrank und die Pappkartons waren verschwunden und der Raum wurde nicht als Vorratskeller und Abstellraum genutzt, sondern als eine Art Werkstatt oder Labor. An der Wand links neben der Kellertür stand eine große Werkbank. Auf dem Boden und an der Wand rechts neben der Werkbank stapelten sich Holzplatten, Steinplatten und auch allerlei Metallteile. Die Wand, die der Tür gegenüberlag, war ganz und gar mit einem Regal verbaut, in dem Bücher, Schachteln, Schatullen, Gläser und tönerne Gefäße lagerten. Das Zeitloch schwebte vor diesem Regal. An der sich anschließenden Wand stand genau unter Lenz' Füßen eine Kiste. Daneben, unter dem Kellerfenster, war eine Eckbank aus Stein in der Wand verankert. Auf dieser Bank saßen bereits Fenne und Henrik. Vor der Eckbank stand eine weitere Kiste, auf der eine Kerze brannte. Sie diente als Tisch und zwei Baumstümpfe bildeten die zugehörigen Hocker. Auf einem dieser Hocker saß die Alte Wöhr.

»Willkommen, mein Freund!« Die uralte Frau mit den schlohweißen Haaren und den grauen Augen sah freundlich wie immer zu Lenz herauf. Als Lenz die Alte Wöhr das erste Mal gesehen hatte, war ihm die gebeugte alte Frau wie eine Hexe vorgekommen.

»Komm schnell herunter, Lenz!«

Die Alte Wöhr schlürfte an einem Becher, in dem eine Art Tee dampfte. An dessen ekelhaften Geschmack konnte Lenz sich noch gut erinnern. Den würde er nie wieder trinken. Komme, was da wolle.

»Nimm dir einen Becher Tee. Wir haben keine Zeit zu verlieren!«

Aus den geheimen Lebenserinnerungen der Alten Wöhr
Teil I

Glückliche Zufälle spielen im Leben eine viel größere Rolle als die meisten Menschen glauben. Dass ich Lenz und Henrik als Zeitenläufer gewinnen konnte, war so ein glücklicher Zufall. Nachdem die Jungs, die unterschiedlicher nicht sein konnten, ihren ersten Auftrag mit Bravour ausgeführt hatten, wollte ich ihnen eine neue Aufgabe anvertrauen. Ein Freund von mir aus dem alten Rom hatte mich um Rat und Hilfe gebeten. In Rom braute sich Unheil zusammen. Die Nachricht hatten mir Cornelia und Silvester gebracht, zwei Zeitenläufer aus dem alten Rom. Dazu hatten sie mit ihrem Onkel in ihrer Zeit von Rom nach Köln reisen müssen, um dort in das Zeitloch zu steigen, das sie ins Mittelalter und in meinen Keller führte. Mir fiel rasch eine relativ einfache Lösung für die Probleme im alten Rom ein, die Cornelia und Silvester im Grunde auch allein hätten herbeiführen können. Aber erstens wollte ich meine fünf Zeitenläufer zu einer festen Mannschaft zusammenschweißen – und dazu bot sich diese Gelegenheit an. Und zweitens war das Leben in Rom zu jener Zeit so gefährlich, dass es mir sicherer erschien, wenn Cornelia und Silvester Unterstützung von Fenne, Lenz und Henrik bekamen.

2. Kapitel

»Es ist im Grunde ganz einfach.«

Das sagte die Alte Wöhr immer. Genau wie Doktor Jürgensen, der Mathelehrer von Lenz und Henrik, der immer behauptete, dass die Lösungen seiner entsetzlich komplizierten Textaufgaben »im Grunde ganz einfach« seien. Dass etwas »im Grunde ganz einfach« war, hieß auf gut Deutsch, dass es höllisch schwierig und so gut wie unlösbar war. Zumindest für Lenz.

»Mensch, Lenz, hör doch erst einmal zu, bevor du blass um die Nase wirst!«, rief Henrik.

Fenne kicherte.

Nun hatte es Henrik mal wieder geschafft: Lenz wurde rot. Er spürte, wie ihm das Blut in den Kopf schoss und seine abstehenden Ohren zum Glühen brachte. Danke, Henrik, dachte Lenz. Vielen Dank, jetzt bin ich garantiert nicht mehr blass vor Schreck, dafür aber blamiert bis auf die Knochen!

Die Alte Wöhr nahm einen Schluck aus ihrem Becher. »Seid ihr schon einmal in Rom gewesen?«

Henrik nickte, Lenz und Fenne schüttelten die Köpfe.

»Coole Stadt!«, sagte Henrik.

Die Alte Wöhr zog die runzlige Stirn in noch mehr Runzeln. »Wie?«

»Schon gut«, sagte Henrik und hielt endlich die Klappe.

»Ich meine das alte Rom. Das Rom von Cäsar und Cicero. – Erinnert ihr euch an Silvester und Cornelia?«

Henrik und Lenz nickten. Die beiden waren bei ihrer ersten Zeitreise gerade aus dem Zeitloch aufgetaucht, als Lenz hineinspringen wollte, um nach Hause zu reisen.

»Sie haben mir eine Nachricht von einem sehr alten Freund gebracht. Er heißt Scaevola und braucht unsere Hilfe. Ihr müsst einen Becher aus Rom holen und ihn zu mir bringen.«

Die Alte sah in die Runde.

»Ja und?«, fragte Henrik schließlich. »Wo ist der Haken?«

Diese Frage hatte auch Lenz auf der Zunge gelegen. Denn wenn die Alte Wöhr einfach nur einen schicken Becher haben wollte, dann brauchte sie doch nicht ihn und Henrik aus der Zukunft in die Antike zu schicken. Das Mittelalter war zwar nicht gerade die Zeit des allgemeinen Luxus, aber einen Becher, den konnte selbst die Alte Wöhr an jeder Straßenecke auftreiben!

Henrik, Lenz und auch Fenne sahen sie gespannt an. Aber aus der Alten war mal wieder nicht viel herauszubekommen.

»Silvester und Cornelia wissen, wo der Becher ist. Sie holen ihn ab und bringen ihn zu einem Zeitloch. Aber es ist nicht das da.« Sie deutete auf das Loch über der Kleiderkiste. »Ihr könnt nämlich durch ein Zeitloch nur in eine andere Zeit, aber nicht zugleich an einen anderen Ort reisen. Deshalb brauchen wir ein zweites Zeitloch – in Rom.«

Die Alte Wöhr sah von Henrik zu Lenz. »Könnt ihr nach Rom fahren? Und zwar so schnell wie möglich?«

Lenz nickte erleichtert. »Mach ich sowieso: Nächste Woche fahre ich mit meinen Eltern nach Italien. Schließlich sind Sommerferien.«

Die Alte murmelte etwas, das klang wie: »Glücklicher Zufall.« Dann sah sie zu Henrik. »Und du?«

Henrik knetete seine Hände. »Tja, ich habe meine Eltern überredet – wir fahren nach Spanien. Aber erst in vier Wochen. Bis dahin müssen meine Eltern noch arbeiten.«

In den grauen Augen der Alten Wöhr blitzte es kurz auf. Dann kräuselte ein verschmitztes Lächeln ihre Mundwinkel. »Das ist doch wunderbar. Wie wäre es, wenn du deine Eltern davon überzeugst, dass du mit Lenz in Urlaub fährst?« Dann wurde sie plötzlich ernst und fragte: »Oder ziemt sich das nicht?«

Henrik nickte. »Doch, doch, das ist in Ordnung und könnte im Prinzip auch gehen – falls mich die Eltern von Lenz mitnehmen wollen.« Henrik sah unsicher zu Lenz herüber. »Und das hängt vor allem von Lenz ab.«

Lenz musste ein Grinsen unterdrücken. Henrik Arnheim, der alles hatte, alles konnte, der wollte nun mit ihm, dem kleinen Lenz mit den abstehenden Ohren, in Urlaub fahren? Im blöden Opel sitzen mit seinen Eltern, den armen Schauspielern? Und das von Köln bis Rom? Ohne Klimaanlage?

»Ich kann sie ja mal fragen«, sagte Lenz möglichst lässig. Aber dann schossen ihm andere Gedanken durch den Kopf. »Wo ist das Zeitloch in Rom? Wie finden wir das? Und wie kommt Fenne da hin?«

Die Alte Wöhr seufzte. »Das sind gute Fragen. Fenne muss wohl oder übel in unserer Zeit reisen. Denn wenn ich es recht verstanden habe, dann werdet ihr zwar viel schneller unterwegs sein, aber um mit euch zu reisen, bräuchte Fenne Papiere.«

Die beiden Jungs nickten. Sie mussten an der Grenze zur Schweiz zwar fast nie die Pässe vorzeigen, aber dass man sie mitnehmen musste, wussten sie beide.

Die Alte Wöhr stellte ihren Becher auf die Kiste. »Das Loch ist in den Katakomben.« Sie zog ein Stück Pergament heraus, auf dem eine grobe Skizze von Rom gezeichnet war. »Ungefähr hier.« Sie deutete auf einen schwarzen Fleck auf der Karte. Neben diesem Fleck waren ein paar Fische, ein Pfeil und ein Lamm eingezeichnet.

Lenz seufzte. »Du hast nicht zufällig eine Ahnung, ob es die Katakomben im einundzwanzigsten Jahrhundert noch gibt?«

Die Alte Wöhr schüttelte ihren schlohweißen Kopf. »Bedaure.«

»Das kriegen wir raus.« Henrik stand auf. »Und Silvester und Cornelia warten auf uns am Zeitloch?«

Die Alte nickte den Kindern zu. »Seid schweigsam, wie immer. Bringt mir diesen Becher. Und sagt Silvester und Cornelia, dass sie den alten Scaevola sehr herzlich von mir grüßen sollen. Das ist alles.«

Henrik knuffte Lenz in die Seite. »Also los! Überreden wir deine Eltern!«

»Aber vorher in die Stadtbibliothek.« Lenz steckte mit einem Stirnrunzeln das Stück Pergament ein, das die Alte Wöhr ihm gegeben hatte. Es würde bestimmt nicht gerade leicht werden, mit dieser groben Skizze das Zeitloch zu finden.

Henrik war schon bis zum Hals im Zeitloch verschwunden, als die Alte Wöhr noch hinzufügte. »Ach so, noch ein Tipp: Ich habe gehört, dass zurzeit eine Kirche auf dem Einstieg in die Katakomben gebaut wird. Wenn ihr Glück habt, steht die ja noch.«

Lenz nickte. Das konnte sein. Wenn sie Glück hatten.

Aus den geheimen Lebenserinnerungen der Alten Wöhr
Teil II

Es gibt Dinge, die sind mir immer ein Rätsel geblieben. Zu diesen Rätseln, diesen unbeantworteten und möglicherweise sogar unbeantwortbaren Fragen, gehört die nach dem Zusammenhang zwischen Sprache und Zeit.
Es gibt in meiner Zeit einige Philosophen, die darüber grübeln, wie es möglich ist, mit Wörtern auf Dinge in der Welt Bezug zu nehmen. Aber das ist ein Klacks, verglichen mit meiner Frage: Warum versteht ein Zeitenläufer die Sprache der Zielzeit? Ich selbst habe es in meiner Kindheit als Zeitenläuferin erlebt. Wer durch ein Zeitloch reist, kommt mit einem enormen Schatz in der Zielzeit an: Er kann die Sprache der Zielzeit wie ein Muttersprachler. Und was das Wunderbarste daran ist: Wer ein gutes Gedächtnis hat, verliert diese Fähigkeit, die er gleichsam vom Zeitloch geschenkt bekommen hat, auch nicht mehr. So habe ich in meiner Kindheit an die zwanzig Sprachen erworben. Freilich fange ich mit den meisten nichts mehr an, weil die Sprecher dieser Sprachen längst ausgestorben sind (wer unterhält sich schon noch auf Alt-Etruskisch?), aber manche Sprachen sind auch in meiner Heimatzeit von großem Nutzen – allen voran natürlich Latein. Aber welcher Zusammenhang zwischen Sprache und Zeit besteht, sodass dieses Sprach-Geschenk im

Zeitloch überhaupt möglich wird, ist mir ein Rätsel geblieben. Ich vermute, dass unser bisheriges Bild von Sprache, Welt und Zeit noch viel mehr Fehler aufweist, als sich die meisten Philosophen und Theologen träumen lassen.

3. Kapitel

Das ist nicht euer Ernst, oder?«

»Ist es doch.«

»Wirklich?«

»Hundertprozentig!«

Lenz konnte sich vorstellen, was seine Eltern dachten: dass Lenz und Henrik nicht ganz richtig tickten.

»Ihr tickt doch nicht ganz richtig!«, entfuhr es auch prompt Lenz' Vater.

Und auch Anna Jacobi, die hübsche Mutter von Lenz, schüttelte den Kopf. Sie saßen auf der Terrasse des Hotels, das sich die Jacobis in Rom leisteten, und aßen Salat und Oliven zu Mittag. Lenz' Eltern trauten ihren Ohren kaum. Da waren sie zwei Tage in ihrem Opel unterwegs gewesen, hatten gerade 1405 Kilometer hinter sich gebracht, waren erst vor einer Stunde nach endloser Suche durch den völlig chaotischen Verkehr von Rom endlich im Hotel angekommen, und was wollten die beiden Jungs als Erstes und am liebsten direkt nach dem Mittagessen? Katakomben besichtigen!

»Die Katakomben sind Gräber!« Alexander Jacobi

schüttelte den Kopf. »Wie wäre es, wenn wir heute Nachmittag erst einmal über das Forum schlendern? Oder uns das Kolosseum anschauen?«

»Wir können auch zur spanischen Treppe spazieren und zum Trevibrunnen«, schlug Lenz' Mutter vor.

Aber Lenz und Henrik blieben stur. Sie wollten zuerst zu den Katakomben. »Die Stadt ist doch eh zu voll und zu heiß«, sagte Lenz. »Wenn wir jetzt schnell aufessen, sind wir in einer halben Stunde draußen bei den Katakomben. Und wenn wir die besichtigt haben, nerven wir auch nicht mehr. Versprochen!«

»Und wir erzählen auch keine Gruselgeschichten«, fügte Henrik hinzu und lächelte sein Strahlemann-Lächeln. Mit diesem Lächeln und seinen blitzenden braunen Augen kriegte Henrik die meisten Erwachsenen rum.

Anna und Alexander Jacobi sahen sich an. Sie sahen sich mit ihrem Was-haben-wir-bloß-alles-falsch-gemacht-Blick an, den Lenz kannte, hasste und zugleich auch irgendwie mochte. Denn wenn sie diesen Blick beide aufsetzten, dann hatte er schon so gut wie gewonnen. Denn meistens kam nach dem Was-haben-wir-bloß-alles-falsch-gemacht-Blick der Was-soll's-der-Junge-ist-schließlich-alt-genug-Blick.

»Ihr kriegt auch mein Eis«, flötete Lenz. »Oder sagen wir: Ihr dürft mal lecken.«

Da hatte er es endlich geschafft. Seine Mutter musste grinsen, steckte damit seinen Vater an und die beiden gaben endlich nach. »Also gut, aber ich hoffe, dass ihr heute Nacht trotzdem gut schlaft!«, sagte Alexander Jacobi.

Der Nachmittag in Rom war so unerträglich heiß, dass selbst Lenz' Eltern zugaben, dass es eigentlich eine ganz vernünftige Idee gewesen war, in die unterirdischen Grabanlagen an der Via Appia Antica hinabzusteigen und den historischen Stadtkern am frühen Morgen des nächsten Tages zu besichtigen.

»Wir müssen deine Eltern und diese Fremdenführerin loswerden!«, murmelte Henrik, als sie durch die unterirdischen Gänge, die die Menschen in jahrhundertelanger Arbeit in die Erde getrieben hatten, schritten.

»Erst mal müssen wir das Zeitloch finden«, raunte Lenz.

Die Luft roch muffig und das ganze Tunnelsystem war irgendwie viel größer, als Lenz gedacht hatte. Links und rechts der Gänge waren Nischen in den weichen Tuffstein gehauen. Wie Regale aus Stein säumten sie jeden Gang. In diesen Nischen hatten früher die Toten gelegen.

»Im zweiten Jahrhundert nach Christi Geburt sind die Katakomben von den Christen ausgebaut worden, aber der älteste Teil dieser Anlange hier ist vermutlich schon römischen Ursprungs«, sagte die Fremdenführerin.

Lenz und Henrik hörten gar nicht richtig zu, und auch der Gedanke, dass sie gerade mit einer Gruppe Touristen durch eine Art Riesengrab wanderten, beschäftigte sie kaum. Sie suchten im fahlen Licht, das die Gänge erhellte, nach dem Zeitloch. Und das hatte sich offensichtlich ziemlich gut versteckt.

»Steht nichts auf der Karte der Alten Wöhr?«, fragte Henrik.

Lenz holte die Karte noch einmal heraus. Er betrachtete das Stückchen Pergament. Drei Fische und ein Lamm waren abgebildet. Zwischen den ersten beiden Fischen zeigte ein Pfeil nach rechts. Dann kam wieder ein Fisch und dann war da ein Kreuzchen, direkt über dem Lamm. Lenz zuckte mit den Schultern. »Hier sind überall Fische an den Wänden, keine Ahnung, wie wir das Zeitloch finden sollen.«

Henrik warf einen Blick auf die Karte. »Aber die Fische hier haben drei Augen!«

»Wir kommen nun in einen Gang mit herrlichen Deckengemälden!«, sagte die Frau, und alle Besucher reckten die Köpfe nach oben.

»Hier ist es! Ich werd verrückt! Lenz!« Henrik hielt Lenz am Arm zurück. Sie taten so, als müssten sie eine Grabnische genauer ansehen, und ließen die anderen Teilnehmer der Gruppe an sich vorbeigehen. Henrik deutete auf ein kleines Bildchen an der Wand. Es zeigte einen Fisch mit drei Augen. Neben diesem Bild zweigte rechts ein stockfinsterer Gang ab.

»Wir müssen da rein!«, flüsterte Henrik.

Lenz schnaufte schwer durch die Nase. Es war verboten. Die Fremdenführerin hatte es ausdrücklich gesagt: Sie durften die Gruppe nicht verlassen. Die engen Gänge bildeten ein kilometerlanges Labyrinth, in dem man sich verirren konnte. Und dieser Seitengang, in den Henrik einbiegen wollte, war mit einer Kette abgesperrt. Obendrein war er nicht beleuchtet: Ein pechschwarzes Loch gähnte ihnen entgegen.

»Komm schon!«, flüsterte Henrik.

Lenz warf noch einen Blick nach vorn zu seinen Eltern. Aber die waren gerade damit beschäftigt, die wunderschönen Deckengemälde aus frühchristlicher Zeit zu bewundern. Also gab er sich einen Ruck und folgte Henrik über die Absperrung in den verbotenen Teil der Katakomben.

»Hast du zufällig eine Taschenlampe dabei?«, fragte Lenz.

»Na klar, du etwa nicht?«, antwortete Henrik und knipste seine Lampe an. »Wir müssen immer den Fischen mit den drei Augen folgen.« Er ließ den kleinen Lichtkegel über die Leichen-Regale an der Wand wandern.

Lenz lief ein Schauer über den Rücken. Solange sie in der Gruppe gewesen waren, hatte er sich nicht besonders gefürchtet. Aber das hier, das war eine andere Nummer. Es gab kein Licht, außer dem schmalen Lichtkegel von Henriks Taschenlampe. Die Wände schienen immer dichter an sie heranzurücken. Lenz hatte schon bald Angst, dass er niemals wieder Tageslicht erblicken würde.

Sie mussten sich beeilen. Denn sonst würden seine Eltern sie vermissen und suchen. Und das war das Letzte, was sie kurz vor einer Zeitreise gebrauchen konnten.

Henrik war ein Meister im Spurenfinden.

»Hier ist einer«, sagte er und führte sie tiefer in das Labyrinth hinein.

Sie bogen noch einmal ab und landeten in einer Sackgasse.

»Hier ist nichts mehr, das da vorne war der letzte Drei-

Augen-Fisch.« Henrik ließ den Lichtkegel der Taschenlampe durch den Gang kreisen, aber es blieb dabei. Die dreiäugigen Fische endeten hier.

»Was sagt die Karte?«, fragte Henrik.

»Ein Lamm«, antwortete Lenz. »Vielleicht gibt es hier ein Bild von einem Lamm.

Henrik warf das Licht der Taschenlampe auf die Karte und lachte. »Die Alte Wöhr, oder wer immer die Karte gezeichnet hat, ist echt gut: Das Lamm hat fünf Beine!«

Erst als Henrik ihn darauf aufmerksam gemacht hatte, bemerkte es auch Lenz: Das liegende Lamm hatte tatsächlich ein Bein zu viel, das unter dem Fell hervorguckte.

»Hier!« Henrik war einfach zu schnell für Lenz. Er hatte das Lamm an einer Grabnische in der linken Wand gefunden. »Und da schwebt das Loch!«, freute sich der Junge mit dem strahlenden Lächeln.

Auch Lenz sah es im Lichtschein der Taschenlampe. Einen halben Meter über dem Lamm mit den fünf Beinen schwebte das Zeitloch. Es schien etwas größer zu sein als das Zeitloch, das er von zu Hause aus seinem Keller in Köln kannte.

»Hier muss ein Anker für uns liegen, sonst können wir alles vergessen!«, sagte Henrik.

Sie suchten die Grabnischen nach einem Zeitanker aus Marmor ab, den sie ins Zeitloch hängen mussten, damit sie wieder in ihre Zeit zurückreisen konnten. Aber sie fanden nichts.

»Verflixt!«, knurrte Henrik. »Vielleicht haben Grabräuber den Anker schon vor Jahrhunderten geklaut.«

»Moment!«, sagte Lenz. »Der Anker bei mir im Keller war doch auch hinter dem Putz in der Wand versteckt.«

Lenz und Henrik waren nur durch Zufall auf die Stelle gestoßen, in der der Zeitanker in der Wand verborgen gewesen war.

Henrik runzelte die Stirn. »Ja und?«

»Es könnte doch sein, dass unsere Vorgänger es hier genauso gemacht haben.« Lenz berührte die Stelle, auf die das Lamm mit den fünf Beinen gemalt war. Und tatsächlich ließ sich der Stein darunter bewegen. Lenz zog ihn heraus.

Henrik pfiff durch die Zähne. »Respekt, Lenz Jacobi, Respekt!«, sagte er anerkennend, leuchtete in die Lücke hinter dem Stein und zog einen Zeitanker hervor.

Der Anker sah genau so aus wie der, den sie in Köln gefunden hatten: Er erinnerte Lenz an eine zu groß geratene Häkelnadel mit einem schönen, runden Griff aus Marmor, der perfekt in Kinderhände passte und oben zu einem Haken auslief.

Henrik brachte den Anker so am Rand des Zeitlochs an, dass der Griff ins Loch ragte. Er kletterte über die Grabnischen ins Loch und murmelte: »Bis gleich!« Der Junge war verschwunden, bevor Lenz noch fragen konnte, ob er seine Taschenlampe mit Absicht liegen gelassen hatte.

Aus den geheimen Lebenserinnerungen der Alten Wöhr Teil III

Wer es wagt, sich in ein Zeitloch zu stürzen, beweist großen Mut. Denn ganz genau weiß man nie, was einen auf der anderen Seite erwartet. Genau genommen weiß man noch nicht einmal, ob man irgendwo wieder herauskommt. Denn Zeitlöcher lassen sich nur dann zum Reisen benutzen, wenn man in einer anderen Zeit einen Partner hat, der einen Zeitanker in das Loch hängt. Sonst schwimmt man durch das Loch, bis man schließlich wieder an dem Anker herauskommt, den man selbst hineingehängt hat, und das heißt: Man war dann zwar kurz in einem Zeitloch, hat aber so gut wie nichts erlebt.

Als ich noch ein Kind war und so klein und leicht, dass ich durch ein Zeitloch passte, war das Verwirrendste an diesen Reisen für mich das, was wir »räumliche« Konstanz nennen: Wer durch ein Zeitloch reist, reist nur durch die Zeit, nicht aber zugleich durch den Raum. Deshalb kam Lenz auch, als er in das Zeitloch im Keller seines Hauses sprang, in eben diesem Keller wieder heraus, nur eben ein paar Jahrhunderte früher. Was ihn daran am meisten verwirrte, war, wie sehr sich das Zimmer in 829 Jahren verändert hatte: Der Keller des Hauses in der Kettengasse zu Lenz' Zeit sah ganz anders aus als zu meiner, die ich im selben Haus wohnte. Ebenso verhielt es sich mit den Katakomben. Die waren erst im zweiten Jahrhundert nach Christi Geburt ausgebaut worden. Das Zeitloch aber befand sich zum Glück in einer der Kammern, die schon lange vor den Christen, von den Römern in den Tuffstein neben der Via Appia gegraben wurde. Allerdings war der Zugang damals noch ein anderer und das Gangsystem, das Lenz und Henrik durchschritten hatten, um zum Zeitloch zu kommen, hatte es auch noch nicht gegeben. Ferner fehlten natürlich die typisch christlichen Symbole an den Wänden: Es gab keine Fische, keine Lämmer und keine Tauben. Stattdessen gab es aber drei Kinder, die Lenz und Henrik erwarteten – und die drei hatten Neuigkeiten.

4. Kapitel

Schlechte Neuigkeiten, Jungs.« Silvester stand in der Grabkammer, lehnte sich an den Türrahmen aus Stein und guckte ziemlich betrübt aus seiner Tunika.

»Ist mir egal, gib Fenne den Becher, und dann nichts wie weg hier«, sagte Henrik in lupenreinem Latein und strahlte. »Wahnsinn. Ich kann tatsächlich Latein! Das ist doch Latein, oder?«

Lenz nickte. Henrik hatte nicht deutsch gesprochen, sondern klassisches Latein. Und Lenz selbst hatte jedes Wort verstanden. Es war wirklich ein Riesenvorteil, dass man automatisch die Sprache der Zielzeit verstehen und sprechen konnte.

»Sie haben den Becher nicht. Das ist die schlechte Nachricht.« Fenne riss Lenz aus seinen Gedanken.

Da standen sie nun. Die fünf Zeitenläufer: Silvester und Cornelia aus der Antike in ihren Tuniken. Fenne in ihrer braunen, mittelalterlichen Kluft und schließlich Lenz und Henrik, in ihren kurzen Hosen und Sandalen. Sie standen in einer Grabkammer unter dem Zeitloch. Die Katakomben waren anscheinend noch nicht ausgebaut, jedenfalls gab es den Gang, durch den Lenz und Henrik zum Loch gekommen waren, nicht. Stattdessen waren in die Wände dieser Grabkammer zahlreiche kleine Nischen gehauen, in denen Urnen aufgestellt waren. In einer Ecke vor diesen Nischen schwebte das Zeitloch. Aber Lenz hatte keine Augen für die Urnen, die mit der Asche toter Römer gefüllt waren. Er hatte nur Augen und Ohren für Silvester und Cornelia. – Die Geschwister hatten den Becher nicht, für den sie alle hergereist waren!

»Was soll das heißen?«, fragte Henrik. »Habt ihr es noch nicht geschafft, ihn abzuholen, oder habt ihr keine Ahnung, wo er ist?«

»Wir waren heute Morgen im Tempel des Saturn, um den Becher aus dem Staatsschatz zu holen. Aber der Becher war schon weg.« Silvester hob entschuldigend die Hände.

Lenz wäre am liebsten sofort wieder ins Zeitloch geklettert. Wenn Silvester und Cornelia ihren Teil des Auftrags nicht erledigen konnten, war das ja nicht seine Schuld. Und ergo war es auch nicht sein Problem – fand Lenz.

Aber das sahen Fenne und Henrik mal wieder anders.

Henrik rieb sich die Hände und sagte: »Also los, bring uns aus diesem Grab raus und zu dem Typ, zu dem wir gehen sollen, wenn wir Schwierigkeiten kriegen, wie hieß der noch mal?« Henrik warf einen Blick über die Schulter in Lenz' Richtung.

»Scaevola«, sagte Lenz matt. Er hatte keine Lust auf Abenteuer. Er hatte Lust, sich das Forum und den großen Circus anzusehen. Seinetwegen auch gern in der Antike.

Aber das, was sich hier in diesem Urnengrab zusammenbraute, klang nicht gerade nach einer gemütlichen Besichtigungstour durchs alte Rom.

Silvester und Henrik wandten sich schon der schmalen Treppe zu, die hinter ihnen in den Stein gehauen war, als Cornelia ihren großen Bruder an der Schulter zurückhielt. »So können sich die drei in Rom nicht blicken lassen. Das ist viel zu auffällig!«

Silvester drehte sich um und schmunzelte. »Stimmt. Das hätte ich fast vergessen. Wir haben euch was zum Anziehen mitgebracht.«

Cornelia holte Kleider aus ihrer Tasche.

Die Kleidung war gar nicht schlecht: ein einfaches, sackartiges Hemd, das am Bauch mit einem Gürtel zusammengehalten wurde und »Tunika« hieß. Dazu bekamen sie Sandalen, die zwar nicht halb so bequem waren wie die Sandalen, in denen Lenz und Henrik hergekommen waren, aber immerhin waren sie besser als die klobigen Bundschuhe, die sie im Mittelalter getragen hatten.

»Eure Kleider könnt ihr irgendwo hier verstecken«, schlug Cornelia vor. »Ihr müsst ja sowieso wieder hierher, wenn ihr zurückwollt. Sie strich eine ihrer schwarzen Haarsträhnen hinter das linke Ohr zurück.

Fenne, Lenz und Henrik stopften ihre Klamotten in die Tasche, in der Cornelia ihnen die Tuniken und Sandalen mitgebracht hatte. Und sahen sich nach einem brauchbaren Versteck um.

»Wir können den Kram doch einfach in eine von diesen Vasen stecken«, schlug Henrik vor.

Aber Lenz und auch Fenne schüttelten energisch die Köpfe. »Spinnst du?«, fragte Lenz. »Das sind Urnen! Da drin liegt die Asche von toten Römern. Die lassen wir schön in Ruhe.« Er sah hinauf zum Zeitloch und murmelte. »Wie wäre es …« Dann schnappte sich Lenz kurz entschlossen die Tasche, nahm den Zeitanker aus dem Loch, knotete die Tasche am Haltegriff fest und platzierte den Anker so am Rand des Zeitlochs, dass die Tasche im Zeitloch verschwand.

Fenne nickte anerkennend. »Gute Idee!«

Dann stiegen sie hinter Silvester und Cornelia die Treppe aus der Grabkammer hinauf an die Erdoberfläche.

»Cool.« Henrik setzte seine Sonnenbrille auf.

»Mann, bist du blöd oder was?«, fuhr Lenz ihn an. »Du kannst doch deine Sonnenbrille nicht mit in die Antike nehmen! Bring sie sofort runter ins Grab!«

»Ach was«, erwiderte Henrik. »Merkt doch keiner!«

Aber das bezweifelte Lenz.

Sie standen an einer schnurgeraden, gepflasterten Straße. Diese Straße musste die Via Appia sein. Nur fehlten die Parkplätze, Bushaltestellen, der Eingang in die Katakomben und natürlich die Häuser aus dem einundzwanzigsten Jahrhundert. Auch von dem nahen Autobahnzubringer, dessen Rauschen Lenz und Henrik in ihrem Jahrhundert an dieser Stelle gehört hatten, war natürlich längst noch nichts zu sehen. Stattdessen war die Straße links und rechts von Grabmalen gesäumt und es waren eine Menge Leute unterwegs!

»Auf geht's!«, sagte Silvester. »Es ist ein ganzes Stück bis Rom.«

Sie marschierten die Straße entlang, über die Lenz und Henrik noch vor Kurzem mit dem Bus gekommen waren. Nur in umgekehrter Richtung und zu Fuß in einfachen Sandalen. Das Einzige, was noch genauso gut war wie im einundzwanzigsten Jahrhundert, war das Wetter: Die Sonne schien wie vor ihrem Sprung ins Zeitloch, nur war es noch nicht ganz so heiß.

Lenz warf hin und wieder einen Blick auf die Grabsteine, die links und rechts der Straße aufgestellt waren.

Wanderer, bleib stehen und lies!, stand da oder auch: *Wanderer, halt an und gedenke des großen Marcus, der hier begraben ist!*

Es war eine regelrechte Friedhofsstraße, durch die sie da gingen.

»Okay, dann schießt mal los.« Henrik rückte seine Sonnenbrille zurecht.

Lenz mochte Henrik wirklich gern, und seinen Mut und Spürsinn bewunderte er sogar. Aber manchmal schien Henrik einfach nicht ganz richtig zu ticken. – Da stand er mit seinem Strahlemann-Lächeln in einer Tunika auf der Via Appia zur Zeit Ciceros – mit Sonnenbrille! Albern sah das aus, fand Lenz. Und was zum Kuckuck würde er Passanten erzählen, woher er dieses Gerät auf seiner Nase hatte? Aber Henrik fand sich anscheinend extrem lässig und kein bisschen lächerlich. Lenz warf einen Blick zu Fenne, die auch nur die Augen verdrehte. Cornelia hingegen schien die Brille ziemlich interessant zu finden.

»Was hat es mit diesem Becher auf sich?«, fragte Henrik.

Silvester und Cornelia schüttelten die Köpfe. »Du kennst doch die Alte Wöhr!«, sagte Silvester. »Aus der war nicht viel rauszubekommen. Und Scaevola ist nicht nur mindestens so alt wie sie, er ist auch mindestens so verschwiegen, aber das werdet ihr ja gleich selbst erleben.«

»Das heißt: Ihr wisst nichts. Ihr wisst nicht, was diesen Becher so wertvoll oder gefährlich macht, dass wir ihn zur Alten Wöhr bringen sollen. Ihr wisst nicht, wer ihn hat, und ihr wisst nicht, wo er ist«, fasste Henrik nüchtern zusammen.

»Das hast du schön auf den Punkt gebracht.« Cornelia ließ ihre Augen nicht von der Sonnenbrille auf Henriks Nase.

Henrik rieb sich wieder die Hände. »Na wunderbar, dann haben wir ja einen richtigen Spezialauftrag!«

Fenne schüttelte den Kopf. »Langsam, langsam. Wir gehen jetzt zum alten Scaevola und fragen ihn, ob er unsere Hilfe noch braucht. Wenn er sagt, dass wir nichts mehr für ihn und diesen Becher tun können, dann brechen wir die Reise ab und überlassen den Rest dem Lauf der Zeit.«

Henrik ließ seine Sonnenbrille nach vorne rutschen, bis sie auf der Nasenspitze hing. Er sah über den Rand der Brille zu Fenne und sagte nur: »Abwarten!«

Aus den geheimen Lebenserinnerungen der Alten Wöhr
Teil IV

Ich weiß, dass meine Tage gezählt sind und ich bald meinen Nachfolger bestimmen muss. Und ich weiß, dass Henrik sicherlich das Zeug dazu hätte. Aber was wird aus einem, der sich derart gierig in jedes Abenteuer stürzt? Jemand, der die Gefahren nicht ernst nimmt, ist leichtsinnig. Ist Henrik also leichtsinnig? Ich weiß es noch nicht, und ich habe nur noch wenig Zeit, um es herauszufinden. Ein leichtsinniger Mann, so viel ist aber sicher, darf mein Stelle keinesfalls einnehmen.

Als die fünf Zeitenläufer auf der Via Appia zu den Toren Roms wanderten, war es jedenfalls richtig von Henrik, darauf zu bestehen, dass sie den Scaevola aufsuchten und ihm ihre Hilfe anboten. Denn diese war dringend notwendig. Scaevola war zu diesem Zeitpunkt bereits sehr alt und viel kränker, als ich vermutet hatte.

5. Kapitel

Rom ohne Autos war nicht viel besser als Rom mit Autos: Der Verkehr war auch mit Fußgängern, Fuhrwerken, Pferden und Eseln chaotisch genug. Es wurde geschoben, gedrängelt, geschimpft und mehr als einmal blieben die fünf Zeitenläufer einfach im Gewimmel aus Menschen stecken. Außerdem stank es auch im antiken Rom. Nur war die Duftnote des Gestanks eine andere als in der Neuzeit: Statt nach Dieselabgasen und dem Mief der Motorroller roch das antike Rom eher nach einer Mischung aus Misthaufengestank und Jauchegrubenduft – zumindest in den Stadtvierteln, in denen die hohen Mietshäuser standen, die ärmere Römer bewohnten. Auf den Straßen wühlten Schweine im Morast – nur die Bürgersteige waren einigermaßen sauber. Die Straßen waren dermaßen verdreckt, dass die Römer sogar Zebrastreifen für die Fußgänger gebaut hatten: Damit die Fußgänger sauberen Fußes (und ohne Gummistiefel) von einer Straßenseite zur anderen gelangen konnten, lagen breite Steinplatten auf der Straße, zwischen denen die Räder der Fuhrwerke hindurchpassten.

Der alte Scaevola gehörte allem Anschein nach nicht zu den armen Römern. Sein Haus sah von außen zwar ziemlich unscheinbar aus, aber der Diener, der den Zeitenläufern geöffnet hatte, führte sie zum Warten in einen geräumigen Innenhof.

»Cool!« Henrik hatte seine Sonnenbrille schon vor den Toren Roms unter der Tunika versteckt und blinzelte nun in den Himmel.

»Das ist ein Atrium«, erklärte Cornelia.

»So was will ich auch mal haben!«, sagte Henrik.

Das Atrium war ein quadratischer Hof, der von Gängen umgeben war. Diese vier Gänge waren überdacht, während die Mitte des Hofes jede Menge Licht hereinließ.

»Und so einen Diener brauche ich auch.«

Silvester zog erstaunt die Augenbrauen hoch. »Hat dein Vater keine Sklaven?«

Henrik musste lachen. »Sklaven?«

Lenz schüttelte den Kopf. »Das ist ein Sklave?«

Nun waren es Silvester und Cornelia, die lachten. »Was denkt denn ihr?«

Der Haussklave kam zurück und bat die Freunde, ihm zu folgen. »Der Herr ist sehr krank und liegt im Bett. Aber er will euch dennoch sprechen.«

Der Mann ging voraus, und seit Lenz wusste, dass er ein Sklave war, hatte er irgendwie Mitleid mit ihm. Andererseits sah der Sklave nicht so aus, als würde er dauernd gequält und ausgepeitscht werden. Lenz nahm sich fest vor, Cornelia und Silvester zu fragen, was genau es eigentlich bedeutete, ein Sklave zu sein.

Sie gingen durch einen Eingang ohne Tür, drei Stufen hinunter, in einen rechteckigen Garten. Und Henrik, der schon das Atrium cool gefunden hatte, fehlten nun die Worte. Der Garten war nicht nur doppelt so groß wie das Atrium, er war einfach der Hammer! Ein Springbrunnen stand in der Mitte, von dem aus schmale Wasserrinnen den Rasen sternförmig unterteilten. Auf dem Gras standen Skulpturen. Der Garten war umgeben von einem überdachten Säulengang, von dem die Zimmer abgingen.

Der Haussklave führte sie zum hinteren linken Zimmer. An der Türschwelle blieb er noch einmal stehen und drehte sich zu den Kindern um.

»Er ist sehr, sehr krank. Und sehr alt. Er braucht Ruhe. Also macht es kurz. Und wenn der Arzt sagt, dass ihr gehen müsst, dann geht ihr!«

Die fünf nickten und betraten den dämmrigen Raum.

Ein Mann, offenbar der Leibarzt des Scaevola, sah ihnen mit ernster Miene entgegen. Der Patient lag auf einem Bett, das so hoch war, dass er zweifellos einen Schemel brauchte, um hinaufzugelangen. Sein dürrer Körper war mit einer roten Decke zugedeckt.

Er war alt, das sah Lenz auf den ersten Blick. Er war sogar ganz verflixt alt und machte ganz und gar nicht den Eindruck, als würde er jemals wieder aus diesem Bett aufstehen.

Scaevola konnte sich noch nicht mal aufrichten, als er die Kinder sah. Er gab seinem Arzt ein Zeichen, sich zurückzuziehen.

Der Arzt hob den Kopf und sah den alten Mann streng an.

»Lass mich! Und wenn es das Letzte ist, was ich tue!«, hauchte der alte Scaevola.

Da knurrte der Arzt: »Aber mach es kurz! Ich bleibe in der Nähe!«

Der alte Mann wartete noch, bis der Arzt den Raum verlassen hatte, dann winkte er die Kinder zu sich ans Bett.

»Was ist passiert? Warum kommt ihr her?« Die Stimme des Alten war brüchig. Er hauchte mehr, als dass er sprach.

Lenz sah zu Fenne. Fenne sah zu Henrik, Henrik sah zu Silvester und Silvester sah verlegen auf den Boden.

»Der Becher ist fort«, sagte Cornelia schließlich. »Wir waren beim Tempel des Saturn, aber der Quästor konnte uns keinen Becher geben, weil er schon weg war.«

Der alte Scaevola riss die trüben Augen auf. »Das ist eine schlechte Nachricht. Wisst ihr, wer ihn hat?«

Die Zeitenläufer schüttelten die Köpfe.

»Das ist eine noch schlechtere Nachricht. – Gibt es auch eine gute Nachricht?«, hauchte Scaevola.

Die Zeitenläufer sahen betreten zu Boden, bis Fenne (ebenfalls in lupenreinem Latein) sagte: »Na klar gibt's eine gute Nachricht: Wir sollen die schönsten Grüße und besten Wünsche von der Alten Wöhr ausrichten!«

Scaevola nickte und schenkte Fenne ein Lächeln. »Das ist eine schöne Nachricht. Die *Alte* Wöhr nennt ihr sie? Ist sie denn schon alt, meine süße, schöne Wöhr?« Sein Lächeln wurde noch breiter, als er sich an die Wöhr zu erinnern schien. Dann aber wurde er wieder ernst. »Findet den Becher, bringt ihn zur Wöhr, und wenn ihr das nicht könnt, dann vernichtet ihn. Zerschlagt ihn, verstreut die Scherben in alle Winde oder besser noch…«, er zwinkerte Lenz und Henrik zu, »…verteilt die Scherben in allen Zeiten der Weltgeschichte.«

Scaevola machte eine Pause und schnaufte schwer. Das Sprechen schien ihn anzustrengen, und er bat: »Gebt mir einen Schluck Wasser.«

Lenz bückte sich nach der Schüssel, die auf dem Boden vor dem Bett stand.

»Das ist der Nachttopf!«, zischte Cornelia.

Lenz stellte die Schüssel blitzartig wieder ab und griff nach dem Krug neben dem Kopfende des Bettes. Er schenkte Wasser in einen Becher. Dann führte er ihn vorsichtig an den Mund des alten Mannes.

»Danke, Junge.« Der Alte tätschelte Lenz' Hand.

»Woran können wir den Becher erkennen?«, fragte Fenne.

Silvester winkte ab. »Das wissen wir schon. Es ist ein einfacher Tonbecher, in dessen Unterseite ein griechischer Buchstabe, ein Pi, geritzt ist.«

»Und was macht diesen Becher so besonders gefährlich, dass wir ihn aus dem Verkehr ziehen sollen?«, fragte Henrik.

Der alte Mann sah Henrik an. Er schloss die Augen und sagte mit schwächer werdender Stimme: »Ihr glaubt, was er sagt.«

»Wie bitte?«, fragte Henrik nach. »Der Becher kann sprechen?«

Statt auf diese Frage eine Antwort zu geben, zog der alte Mann einen Brief aus der Ritze zwischen Matratze und Bettkante hervor. Er reichte das Schreiben Silvester. »Geht zum zweiten Quästor. Zu Sallust! Es ist wichtig! Redet nur mit ihm, nicht mit dem anderen! Sallust wird euch helfen, wenn er dieses Schreiben gelesen hat.«

Da trat der Arzt wieder in das Zimmer.

»Es reicht! Seht ihr nicht, wie sehr ihn das Sprechen anstrengt?« Der Arzt nahm Lenz den Becher und den Wasserkrug aus der Hand. »Raus mit euch!«

Die anderen verließen das Zimmer. Nur Lenz konnte sich mal wieder nicht so schnell vom Fleck bewegen. Er war noch ganz verdattert. Erstens hatte sich die Hand des alten Mannes so komisch ledrig und weich angefühlt, wie er es noch nie bei einem Menschen erlebt hatte. Und zweitens grübelte er noch über die Worte des alten Mannes nach: *Ihr glaubt, was er sagt.*

»Auch du!«, zischte der Arzt.

Endlich gab sich Lenz einen Ruck und wandte sich zum Gehen. Aber da hielt ihn der alte Mann noch einmal an der Hand fest. Lenz drehte sich wieder dem Bett zu. Scaevola hatte die Augen noch immer geschlossen. Mit sanftem Druck zog er Lenz zu sich ans Bett und flüsterte, ohne die Augen zu öffnen: »Warnt Marcus Tullius!«

Lenz wartete noch einen Moment. Er dachte, dass der Alte ihm noch mehr sagen wollte. Zum Beispiel, wer dieser Marcus Tullius war und vor wem oder was er ihn eigentlich warnen sollte. Auch eine Adresse oder Telefonnummer dieses Marcus Tullius hätte Lenz nicht schlecht gefunden.

Stattdessen wurde er von dem Arzt an der Schulter gepackt. »Genug! Es ist genug!« Der kräftige Mann schob ihn aus dem Schlafzimmer des Scaevola in den Garten, wo Lenz von dem Haussklaven in Empfang genommen wurde.

Aus den geheimen Lebenserinnerungen der Alten Wöhr
Teil V

Es schmerzt immer, einen alten Freund zu verlieren. Ob man ihm nun nahe ist oder fern. Ob man zu ihm ans Totenbett reisen kann oder ob man Jahrhunderte von ihm entfernt sein eigenes Leben zu meistern versucht. Es schmerzt. Und wenn er ein Freund war, mit dem man durch dick und dünn gegangen ist, wenn es ein Freund war, den man, trotz aller trennenden Jahrhunderte, geliebt hat wie sonst keinen anderen Menschen, dann schmerzt es noch etwas mehr. Ich hätte damals Fenne zu gern auf diese Reise in die Antike begleitet. Und wenn es meine letzte Reise gewesen wäre, die Reise in dieses Schlafzimmer, um am Bett meines Freundes Scaevola zu sitzen und seine Hand zu halten, dann wäre ich zufrieden gewesen. Aber die Jahrhunderte trennten uns. Und die Zeitlöcher waren für mich schon lange viel zu schmal – seit meinem dreizehnten Lebensjahr. Und nichts ist gefährlicher, als in ein Zeitloch zu steigen, wenn man zu groß dafür ist.

6. Kapitel

»Wahnsinn!« Lenz blieb einfach stehen und schaute. Er hätte stunden- und tagelang gucken und staunen können.

Sie waren über die Via Sacra auf das Forum gelaufen. Links und rechts von diesem großen, mehr oder weniger rechteckigen Platz erhoben sich die Tempel und großen Hallen mit ihren Säulen und Treppenaufgängen.

Fenne zog ihn weiter.

Sie schritten eine breite Treppe hinauf zu einem Tempel, vor dem vier breite Säulen standen, die anscheinend das Dach trugen. Lenz konnte einfach nicht anders. Er musste sich noch einmal umdrehen. Das war Rom. Das war das richtige Rom. Das war das Rom, das er sich vorgestellt hatte: Eine Menge Leute lief über das Forum. Vor allem Männer in Togen, aber auch ein paar Frauen in edlen Gewändern. Hier wurde Politik gemacht und in den großen Hallen, den Basiliken, wurden auch Geschäfte im großen Stil abgewickelt. Schräg gegenüber dem Tempel des Saturn lag die Kurie. Das war das Gebäude, in dem der Senat von Rom tagte – das hatte Lenz in seinem Lexikon gelesen.

Fenne und Henrik nahmen ihre Umgebung anscheinend so selbstverständlich hin wie Silvester und Cornelia – aber Lenz war sprachlos. Da drüben tagte der Senat von Rom! Es waren nicht irgendwelche Schauspieler, sondern echte römische Original-Senatoren. Das war einfach eine Wucht!

»Komm endlich!«, sagte Fenne wieder. »Wir haben einen Auftrag, Lenz!«

Lenz nickte und riss sich endlich von dem imposanten Anblick los. Auf die nächste Zeitreise würde er einen Fotoapparat mitnehmen. Unbedingt.

Sie betraten den Tempel.

Und hier hätte Lenz nun endgültig keinen Schritt mehr gemacht, wenn Fenne ihn nicht vor sich hergeschoben hätte. In der Halle stand eine unglaublich große Statue des Gottes Saturn. Das Standbild zeigte den Gott mit der Sichel und einem gewaltigen Bart.

»Er ist der Gott des Ackerbaus«, flüsterte Cornelia.

Sie schritten am Bildnis des Gottes vorbei und wurden von einem Mann aufgehalten, der eine Toga trug. Dass nur die Bürger der Oberschicht dieses Gewand, das über der Tunika kunstvoll um den Körper geschlungen wurde, anlegen durften, hatte Silvester ihnen auf dem Weg erklärt. Also war es kein Sklave, der ihnen hier entgegentrat.

»Was macht ihr hier?«, fragte der Mann.

»Mit wem sprechen wir?«, fragte Henrik zurück.

Der Mann musterte Henrik von oben herab. »Mein Name ist Gaius Sallustius Crispus, ich bin der zweite Quästor.«

»Na prima!«, sagte Henrik. »Uns schickt der alte Scaevola.«

Silvester überreichte das Empfehlungsschreiben. Sallust las den Brief. Seine Miene verfinsterte sich. Er sah sich kurz um. Dann nickte er den Kindern zu und sagte leise: »Folgt mir.«

Sie verließen den Tempel durch einen Nebenausgang. An der Seite des Tempels standen eine Menge Römer, die lasen, was auf den Tafeln, die an der Tempelwand angeschlagen waren, stand. Der Quästor Sallust führte sie auf die Rückseite des Tempels, sah sich noch einmal um und sagte dann: »Der Tempel hat viele Ohren, also sprecht leise. Was ist los?«

»Tja, wenn wir das so genau wüssten.« Henrik seufzte.

Silvester trat einen Schritt vor. »Der Augur Scaevola hat uns beauftragt, für ihn den Becher der Auguren aus dem Staatsschatz zu holen.«

»Was ist ein Augur?«, fragte Lenz flüsternd Cornelia, die neben ihm stand.

»Eine Art Hellseher, so wie der alte Scaevola.«

»Scaevola ist ein Hellseher?«, flüsterte Lenz.

Cornelia nickte und schwieg.

Lenz waren diese ganzen Römer irgendwie nicht ganz geheuer: Einerseits bauten sie prächtige Tempel, Villen und Hallen. Andererseits schienen sie echt an diese Götter zu glauben und hatten Hellseher. Und dann war da noch die Sache mit den Sklaven, die Lenz gegen den Strich ging.

»Das ist mir bekannt«, sagte Sallust. »Aber der Becher ist bereits abgeholt worden.«

»Aber nur Auguren dürfen den Becher holen«, erwiderte Silvester.

Der Quästor Sallust nickte. »Es war ein Augur.« Er sah sich noch einmal um, winkte die Kinder näher zu sich heran, beugte sich zu ihnen herunter und sagte in leisem, fast geflüstertem Ton: »Ich hatte mir nicht viel dabei gedacht. Aber wenn Scaevola sich sorgt, dann ist es vielleicht doch von Bedeutung: Es war Lupus.«

»Lupus?«, entfuhr es Silvester und Cornelia wie aus einem Munde.

»Psssst.« Sallust legte einen Finger an die Lippen und flüsterte weiter. »Er war es. Lupus ist auch einer der Auguren. Ich konnte die Herausgabe des Bechers deshalb nicht verweigern. Aber das Merkwürdige ist, dass er vor dem Tempel erwartet wurde – von einem Mann, den ich kenne. Er heißt Curius und gehört nicht gerade zur feinen römischen Gesellschaft.« Er legte die Stirn in Sorgenfalten. »Lupus hat Geld von Curius genommen, als er ihm den Becher gegeben hat. Ich selbst habe es gesehen.«

»Warum hast du das nicht sofort dem Scaevola oder dem Senat gemeldet?«, fragte Cornelia.

Sallust stellte sich plötzlich kerzengerade hin und musterte Cornelia. »Wer bist du, dass du einen Vorwurf gegen einen Quästor erhebst, Mädchen? Willst du etwa behaupten, dass ich mich meines Amtes nicht würdig erwiesen habe?« Etwas versöhnlicher fügte er dann hinzu: »Ich schätze den alten Scaevola sehr. Und ich weiß, dass er viel für Rom und für die Republik getan hat. Aber darauf zu bestehen, diesen Becher hier bei uns im Staatsschatz aufzubewahren, habe ich immer übertrieben gefunden.«

»Woher stammt denn dieser Becher und was genau ist seine Wirkung?«, fragte Henrik.

Der Quästor zuckte nur mit den Schultern. »Die Legenden sagen, dass der Becher einem alten griechischen Philosophen gehörte. Möglicherweise dem Protagoras. Dafür spricht das Pi, das auf der Unterseite eingeritzt ist, denn das ist ja der erste Buchstabe seines Namens im Griechischen.«

»Und die Wirkung?«, hakte Henrik noch einmal nach.

»Angeblich verleiht der Becher demjenigen, der daraus trinkt, besondere Zauberkräfte. Aber welche genau das sein sollen, darüber schweigen die Auguren, die in dieses Geheimnis eingeweiht sind. Und ehrlich gesagt glaube ich nicht an diesen Hokuspokus.«

»Das könnte ein Fehler sein«, murmelte Fenne.

Sallust baute sich schon wieder zu seiner vollen Größe auf und machte gerade den Mund auf, um Fenne zurechtzuweisen, als Lenz fragte: »Hast du vielleicht eine Ahnung, wen der alte Scaevola mit ›Marcus Tullius‹ meint?«

»Cicero«, antwortete Sallust, wie aus der Pistole geschossen. »Unser neuer erster Konsul. Marcus Tullius Cicero. Er ist ein enger Freund, Vertrauter und Schüler des alten Scaevola. Warum? Was ist mit ihm?«

Lenz zuckte mit den Schultern. »Wir sollen ihn warnen.«

»Wovor?«, fragte Sallust.

»Das konnte mir Scaevola leider nicht mehr sagen.«

Sie hörten Stimmen, die näher kamen. Sallust legte den Finger an die Lippen. Sie lauschten. Jemand schien sich der Rückseite des Tempels zu nähern.

»Schnell, hier herüber!«, sagte Sallust und marschierte an der Rückseite entlang, bog um die Ecke und blieb bei einer Säule stehen. »Wenn es so ist, wie ich befürchte, dann könnte das alles eine ernste, vielleicht sogar sehr ernste Angelegenheit werden. Möglicherweise zu ernst für fünf Kinder«, flüsterte er und lugte noch einmal hinter der Säule hervor.

»Das schaffen wir schon«, sagte Henrik knapp. Und auch Silvester nickte entschlossen.

»Das scheint auch Scaevola zu denken. Jedenfalls schreibt er, dass ich euch vertrauen kann. – Und vertrauen kann man zurzeit fast niemandem in Rom.« Sallust legte seine Stirn in Sorgenfalten und musterte die fünf Freunde. »Egal was ihr tut, seid vorsichtig. Verratet niemandem, dass ihr den Becher sucht. Und wenn ihr meine Hilfe braucht, lasst es mich wissen.«

»Sehr gut«, sagte Cornelia. »Wir brauchen nämlich einen Brief an meine Eltern. Denn diese drei haben keine Bleibe für die nächsten Nächte.« Sie deutete auf Fenne, Henrik und Lenz. »Wie wäre es, wenn du meinen Vater bittest, sie in seinem Haus aufzunehmen?«

Sallust schmunzelte. »Ich werde gleich einen Boten schicken. Ich würde sagen: Ihr seid die Kinder meiner drei Brüder aus Capua, einverstanden?«

Lenz, Henrik und Fenne nickten.

»Wie heißt ihr denn?«

»Sie heißen Fenna, Laurentius und Hektor!«, sagte Cornelia blitzschnell. »Fenna ist ein alt-etruskischer Name«, fügte sie mit einem Lächeln hinzu. »Und Hektor ist…«

»Griechisch, ich weiß.« Sallust betrachtete die drei Kinder mit den merkwürdigen Namen misstrauisch. »Also gut, ab sofort heißt ihr Hektor Sallustius, Laurentius Sallustius und Fenna Sallustia. Braucht ihr noch etwas?«

»Die Adresse von diesem Curius«, sagte Silvester.

»Das große Haus in der Sichelmachergasse«, antwortete Sallust. Zum Abschied warnte er die Zeitenläufer noch einmal eindringlich: »Seid vorsichtig! Egal wie mutig und erfahren ihr auch sein mögt: Dieser Curius ist skrupellos, verschwendungssüchtig und er hat die falschen Freunde. Das ist eine gefährliche Mischung.«

Aus den geheimen Lebenserinnerungen der Alten Wöhr
Teil VI

Wenn ich gewusst hätte, wie ernst die Lage in Rom damals war, wäre ich vorsichtiger vorgegangen. Ich hätte Fenne, Henrik, Lenz, Silvester und Cornelia gewarnt. Aber als ich die fünf auf die Zeitreise schickte, wusste ich noch nichts von Curius und seinem Freund Catilina. Scaevola hatte mir zwar durch Silvester und Cornelia eine Nachricht überbringen lassen, in der er mir deutlich zu verstehen gab, wie dringend es wäre, dass der Becher der Auguren aus Rom verschwände, aber wie bedrohlich die Situation für die ganze Stadt Rom war, das hatte Scaevola mit keiner Silbe angedeutet. Rom wurde in dieser Zeit nicht von einem König oder Kaiser regiert, sondern von einer gewählten Regierung, dem Magistrat. Das oberste Amt in diesem Magistrat war das des Konsuls. Die zwei Konsuln wurden immer für ein Jahr gewählt und leiteten die Regierungsgeschäfte. Beraten und kontrolliert wurden die Mitglieder des Magistrats vom Senat. Kurz bevor die Zeitenläufer von mir nach Rom gesandt wurden, hatte es eine Wahl gegeben, in der Marcus Tullius Cicero, der große und berühmte Redner, zum Konsul gewählt worden war. Im Senat saßen seinerzeit Männer wie Crassus und Cäsar. Und diese wollten die Republik, die Herrschaft des Volkes, am liebsten abschaffen und sich selbst zum Kaiser krö-

nen lassen. Ich vermute, dass Cäsar und Crassus ihre Hände im Spiel hatten, als die Verschwörung in Rom begann. Hätte ich vor dem Auftrag geahnt, in welche Gefahr meine Zeitenläufer geraten würden, ich hätte sie nicht so arglos ins Zeitloch von Rom geschickt. Niemals.

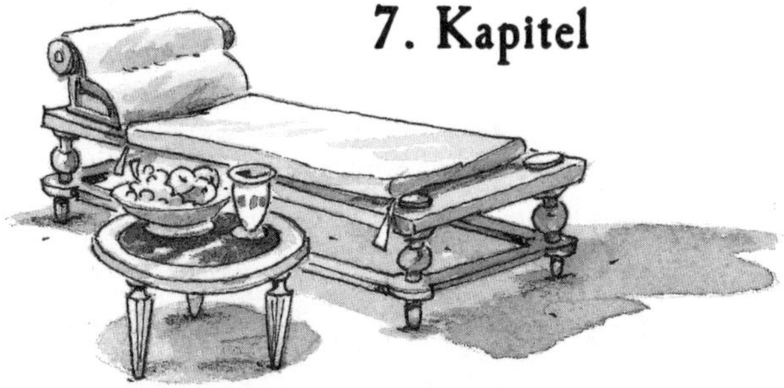

7. Kapitel

Das Haus war groß. Das Haus war schön.

Wieder betraten die Zeitenläufer zunächst ein viereckiges Atrium mit einem Becken im Boden, in dem das Regenwasser, das durch das offene Dach fiel, gesammelt wurde.

Cornelia und Silvester stellten Fenne, Henrik und Lenz ihrem Vater vor, der in einem Zimmer saß, das vom Atrium abging. Aber Titus Flaminius Naso, der Vater der beiden, war viel zu beschäftigt, um richtig zuzuhören. Titus war Architekt und diskutierte gerade mit einem Kunden über irgendwelche Baupläne. Er warf nur einen kurzen Blick auf das Schreiben, das Sallust ihnen mitgegeben hatte.

»Seid herzlich willkommen, geehrte Kinder der Familie Sallusts, es ist mir eine Freude, meinem Haus auch ...«, sagte er ziemlich abwesend, bis er schließlich nur noch murmelte: »Und so weiter und so fort, ihr kennt den Freundlichkeitskram.« Er zwinkerte den Kindern zu und fügte dann ernst an. »Entschuldigt mich, ich bin mitten in der Arbeit.« Titus sah sich um und rief: »Rufus!«

Ein Sklave erschien in der Tür.

Titus reichte ihm das Schreiben. »Bring die Kinder zu meiner Frau, und behandele sie so gut, als wären sie direkt von den Göttern zu uns geschickt worden!«

Rufus nickte lächelnd und verließ das Arbeitszimmer.

Silvester und Cornelia liefen neben dem Sklaven durch das Atrium in den Garten, Henrik, Fenne und Lenz folgten ihnen. Julia, die Mutter der beiden, stand an einem Brunnen und gab einer Sklavin Anweisungen für das Abendessen. Als sie die vielen Kinder sah, rief sie: »Oh, ich sehe, ihr bringt uns Besuch mit! Habt ihr mal wieder eure Schulklasse zum Essen eingeladen?«

Silvester und Cornelia warfen sich einen unauffälligen Blick zu und warteten, bis ihre Mutter das Schreiben von Sallust gelesen hatte.

»Ihr seid ja richtig hoher Besuch!«, sagte Julia dann zu Fenne, Henrik und Lenz. »Das ehrt unser Haus natürlich! Wie lange könnt ihr hierbleiben?«

»Das wissen wir noch nicht genau«, sagte Henrik. »Vielleicht sind wir morgen schon wieder weg.«

Julia lachte. »Ich hoffe doch sehr, dass ihr etwas mehr Zeit mitgebracht habt, schließlich kommt ihr von Capua ja auch nicht alle Tage nach Rom!« Sie rief die Küchensklavin wieder zu sich. »Wir brauchen drei zusätzliche Portionen. Rufus, sorge dafür, dass Liegen für unsere Gäste im Speisezimmer bereit sind und richte Zimmer für sie her!«

Der Mann nickte und verschwand im hinteren Teil des Hauses.

»Wollt ihr euch in den Garten legen?«, fragte Julia.

Aber Silvester schüttelte energisch den Kopf. »Wir wollen ihnen erst das Haus zeigen!«

»Also gut! Aber lasst euren Vater in Ruhe arbeiten!«, sagte Julia.

Silvester und Cornelia führten Lenz, Fenne und Henrik schnurstracks in ihr Schlafzimmer. Das Zimmer in der hinteren rechten Ecke des Hauses war fast quadratisch. An der rechten und an der linken Wand standen die Betten von Silvester und Cornelia. Zwei Truhen, die an der Wand zwischen den Betten aufgestellt waren, enthielten die Kleider der Geschwister. Ansonsten war das Zimmer ziemlich leer. Durch ein Fenster, das links neben der Tür in die Wand gehauen war, fiel das sommerliche Licht aus dem Garten in den Raum. Das Zimmer lag so weit ab von der Küche und dem Speisezimmer, dass Lenz das geschäftige Treiben von Julia und den Haussklaven nur von Ferne hörte.

Silvester schloss die Tür. »Unsere Eltern wissen nicht, dass wir Zeitenläufer sind. Also versucht, euch so römisch wie möglich zu benehmen, wenn wir gleich essen.«

Lenz schluckte. Er hatte keine Ahnung, wie man sich »römisch« benahm. Alles, was er wusste, war, dass Römer das Essen im Liegen und nicht im Sitzen einnahmen. Und dann war da noch die Geschichte mit der Gänsefeder. Die hatte sein Vater mal erzählt: Die Römer steckten sich angeblich bei einem besonders leckeren Essen eine Gänsefeder in den Hals, bis sie sich übergeben mussten, um danach weiteressen zu können.

Hoffentlich müssen wir das nicht machen, flehte Lenz innerlich.

Aber irgendwie würden sie das römische Abendessen schon überstehen. Schließlich hatten sie auf einer früheren Reise auch schon mal eine Mahlzeit an einer mittelalterlichen Rittertafel gemeistert. Und da waren die Tischsitten auch ziemlich merkwürdig…

Henrik zog seine Sandalen aus, warf sich auf Silvesters Bett, holte seine Sonnenbrille wieder raus, setzte sie auf und sagte: »Wenn ihr mich fragt, brauchen wir einen Plan. Und zwar einen ziemlich guten. Ich warte auf eure Vorschläge!«

Lenz seufzte. Henrik konnte wirklich nett sein, wenn er wollte. Er konnte aber auch ein unglaubliches Großmaul sein, wenn er nicht nett sein wollte. Und an diesem Tag im antiken Rom hatte er anscheinend seine Großmaul-Nummer auf dem Programm.

Aber Fenne und Silvester waren viel zu sehr bei der Sache, um auf Henriks Getue auch nur eine Sekunde achtzugeben.

»Wir müssen zu Cicero, um ihn zu warnen«, sagte Silvester.

Lenz setzte sich auf die Kleidertruhe, die neben Cornelias Bett stand. »Aber wovor?«

Silvester begann, im Zimmer auf und ab zu marschieren. »Um das herauszufinden, müssten wir wissen, was dieser Curius plant. Vielleicht will er Cicero ermorden und wir sollen den Konsul deshalb warnen. Vielleicht meinte der alte Scaevola aber auch, dass wir Cicero warnen sollen, weil für ganz Rom Gefahr droht. Denn Cicero ist Konsul. Und das heißt: Er ist vor allen anderen Bürgern für die Sicherheit der Stadt und der Provinzen verantwortlich.«

Fenne schnaufte durch die Nase. »Aber um herauszufinden, was dieser Curius plant, müssten wir wissen, was es mit dem Becher eigentlich auf sich hat. – Und das rauszubekommen, ist unmöglich, solange er verschwunden ist!«

»Nicht unbedingt«, schaltete sich nun Henrik ein, ohne vom Bett aufzustehen oder auch nur die Sonnenbrille abzunehmen. »Wir müssen *undercover* arbeiten, Leute.«

Das war zu viel für Lenz. »Mensch, Henrik, jetzt reiß dich mal zusammen! Woher sollen die anderen denn wissen, was *undercover* heißt?« Und an die ratlosen Gesichter von Silvester, Cornelia und Fenne gewandt, fügte er hinzu: »Er meint, wir sollen verdeckt, als jemand anderes getarnt, herausfinden, was gespielt wird.«

»Genau!« Henrik schwang sich endlich aus dem Bett und warf sogar die Sonnenbrille auf die Decken, so begeistert war er von seinem Plan. »Erster Punkt: Wir müssen uns aufteilen. Curius hat doch bestimmt Sklaven, oder?«

Silvester und Cornelia nickten.

»Also werden eben zwei von uns als Sklaven bei ihm im Haus arbeiten!« Henrik strahlte übers ganze Gesicht. »Das ist genial! Denn Kinder werden nie beachtet und Sklaven werden auch nicht beachtet – also sind Kinder-Sklaven so ungefähr das Unauffälligste, was es in einem römischen Haushalt geben kann. Und das heißt: Wir können nach Herzenslust herumschnüffeln, weil sich sowieso niemand für uns interessiert!«

Lenz zog die Stirn kraus. Das klang verrückt und verwegen – es klang nach einem echten Henrik-Plan.

»Gibt es denn überhaupt Kinder-Sklaven?«, fragte Fenne.

Silvester und Cornelia nickten. »Ja, schon.«

Henrik rieb sich die Hände. »Alles klar. Kennt ihr einen Sklaven, der uns helfen könnte, bei Curius reinzukommen? Ich bin jedenfalls freiwillig dabei!«

Silvester hob beschwichtigend die Hände. »Nicht so schnell, Henrik, nicht so schnell.« Er massierte seine Nasenspitze zwischen Daumen und Zeigefinger und dachte nach.

Cornelia schüttelte den Kopf. »Das geht nicht! Ihr drei…« Sie zeigte auf Fenne, Henrik und Lenz. »Ihr könnt niemals als Sklaven arbeiten, das würde sofort auffallen. Ihr kennt doch noch nicht mal den Unterschied zwischen einem Wasserkrug und einem Nachttopf.«

Lenz merkte, dass ihm die Röte ins Gesicht schoss. Dass er dem Scaevola um ein Haar seinen eigenen Nachttopf zum Trinken gereicht hätte, war ihm noch immer peinlich. Und Cornelia hatte ja recht: Zwar kannten Fenne, Lenz und Henrik den Unterschied zwischen einem Wasserkrug und einem Nachttopf, aber sie wussten nicht unbedingt, wie ein *römischer* Wasserkrug und ein *römischer* Nachttopf aussahen. Und wenn sie die verwechseln würden, könnte das schon genügen, um aufzufallen.

»Es muss einer von uns beiden machen«, überlegte Silvester.

Cornelia nickte. »Ich mach es.«

»Kommt nicht infrage! Niemals werde ich zulassen, dass du als Sklavin arbeitest! Ich mach es!«, sagte Silvester.

»Silvester, sei kein Dummkopf!«, hielt seine Schwester dagegen. »Ich habe viel mehr Ahnung vom Haushalt als du!«

Silvester schwieg. Dann sah er seiner Schwester in die Augen. »Aber wir kommen dreimal am Tag zum Haus des Curius, um nach dir zu sehen!«, sagte er.

»Und wenn du bei dem Kerl nicht gut behandelt wirst, dann verschwindest du, so schnell es geht. Oder wir holen dich da raus«, sagte Henrik.

Cornelia lächelte Henrik an. »Ich verlasse mich auf euch.« Sie sah hinüber zu ihrem Bruder. »Rufus kann mich bestimmt irgendwie da reinbringen. Wenn mich nicht alles täuscht, dann ist sogar sein Bruder Sklave im Haus von diesem Curius.«

»Was sagen wir deinen Eltern?«, fragte Fenne.

»Ich übernachte bei einer Freundin, Claudia, aus der Schule«, schlug Cornelia vor.

Das war endlich mal etwas, was in Lenz' Ohren ganz normal klang.

Henrik rieb sich die Hände. »Also gut, das wäre geritzt. Hier sind die Aufgaben der anderen beiden Gruppen: Lenz und Fenne, ihr geht nach dem Essen noch mal zum alten Scaevola. Er soll uns endlich sagen, was es mit dem Becher auf sich hat.«

»Das geht nicht«, schaltete sich Silvester ein.

»Was geht nicht?«, fragte Henrik etwas genervt.

»Wenn ihr heute noch einmal beim Haus des Scaevola auftaucht, wird euch der Sklave schon nicht mehr einlassen«, sagte Silvester. »Es gehört sich nicht, so spät noch vorzusprechen. Ihr müsst morgen früh hin, zum Morgengruß. Da kann er euch nicht abweisen.«

Henrik seufzte. »Ich nehme an, dasselbe gilt für Ciceros Haus?«

Silvester nickte.

»Also gut, dann gehen Lenz und Fenne morgen früh zum alten Scaevola und wir beide, Silvester, gehen zum berühmten Cicero.« Henrik zwinkerte Lenz zu und murmelte: »Was meinst du, ob er mir ein Autogramm gibt?«

Lenz stöhnte: »Oh Henrik!«

Und Cornelia fragte prompt. »Ein was?«

Henrik zuckte mit den Schultern. »Seine Unterschrift.«

Cornelia, Silvester und auch Fenne sahen Henrik fassungslos an. »Willst du etwa eine Urkunde vom Konsul haben?«, fragte Silvester, der als Erster die Sprache wieder fand. »Wozu? Und in welcher Angelegenheit?«

Nun kam Henrik endlich in die Erklärungsnöte, die Lenz ihm schon beim Aufsetzen der Sonnenbrille gewünscht hatte: Die Menschen in der Antike kannten zwar schon Siegel und Unterschrift, um die Echtheit einer Urkunde zu bezeugen, aber Autogrammjäger, die Unterschriften von berühmten Persönlichkeiten sammelten, um damit vor ihren Freunden anzugeben, kannten die

Menschen in der Antike und im Mittelalter offenbar noch nicht.

Es war Rufus, der Henrik erlöste. Der Haussklave klopfte an die Tür und sagte: »Zu Tisch!«

Aus den geheimen Lebenserinnerungen der Alten Wöhr
Teil VII

Ein Mädchen wie meine liebe Fenne gibt es nicht noch einmal. Viele Mädchen (und auch viele Jungen) fügen sich in die Rolle, die ihnen ihre Zeit vorgibt. Cornelia war zumindest vor ihren Zeitreisen so ein Mädchen gewesen. Die Frauen in der römischen Gesellschaft hatten in der Politik nichts zu sagen. Und in der reichen Oberschicht, zu der Cornelias Familie gehörte, hatten die Frauen auch keinen Beruf. Ihre Aufgabe war es, das Haus in Ordnung zu halten, sich um den Webstuhl zu kümmern, die kranken Sklaven zu versorgen und so weiter, und so fort. Sie lernten daher als Mädchen, wie man einen Haushalt führt und sich benimmt, und warteten darauf, von irgendeinem Mann der Oberschicht geheiratet zu werden. Die Männer dagegen mussten einen Beruf ausüben und sorgten für das nötige Geld. Für Cornelia war das so selbstverständlich, dass sie wohl niemals auf die Idee gekommen wäre, auch nur zu fragen, ob sie nicht auch Architektin werden könnte, so wie ihr Bruder Silvester es vorhatte. Allerdings begann Cornelia im Laufe ihrer Zeitreisen immer mehr Fragen zu stellen. Fenne hingegen unterwirft sich, wenn ich mich nicht gewaltig irre, immer nur zum Schein den Gepflogenheiten. Dabei ist es egal, ob es sich um die Gepflogenheiten im alten Rom, im Köln um das Jahr 1200 oder um das Köln des einundzwanzigsten Jahrhunderts handelt. Fenne verhält sich so, wie es sich für ein Mädchen geziemt, solange sie diese Tarnung aufrechterhalten muss. Sobald sie sich aber frei genug fühlt, pfeift sie auf die Rollenverteilung zwischen Mann und Frau und versucht einfach, das zu tun, was sie am meisten interessiert. Und die Hausarbeit, das habe ich selbst erlebt, kommt bei Fenne dabei an allerletzter Stelle. Ich bin mir sicher, wenn Fenne eines Tages in eine Zeit gereist wäre, in der sie sich völlig frei hätte entfalten können, dann hätte sie es sich dreimal überlegt, ob sie zurück ins Köln um das Jahr 1200 gekommen wäre.

8. Kapitel

Er kann euch nichts mehr sagen.«

Lenz verdrehte die Augen. Dieser Haussklave des alten Scaevola hatte sie ja schon bei ihrem ersten Besuch nicht leiden können.

»Es ist sehr dringend!«, sagte Lenz. »Sag ihm bitte, dass wir hier sind. Er wird uns sicherlich empfangen!«

Der Haussklave blieb wie angewurzelt stehen.

»Nun mach schon!«, knurrte Fenne.

Aber der Haussklave wiederholte: »Er kann euch nichts mehr sagen.«

»Und warum nicht?« Fenne verdrehte die Augen.

Der Sklave schluckte. »Er ist gestern Nacht gestorben.«

Das saß. Lenz wurde plötzlich ein bisschen schwindelig. Hatte er richtig gehört? Der alte Scaevola, der einzige Mann in Rom, dem sie wirklich vertrauen konnten, der sie hergerufen hatte, ihnen jederzeit weiterhelfen konnte und wollte, war tot?

»Aber er hat euch etwas hinterlassen.« Der Sklave schloss die Tür vor ihrer Nase, öffnete sie nach kurzer Zeit jedoch wieder und drückte dem verdutzten Lenz eine Schriftrolle in die Hand.

»Danke«, murmelte Lenz und rollte das Blatt auseinander.

In einer ziemlich zittrigen Handschrift stand da:

Zeitenläufer!

Gebt nicht auf! Ihr könnt es auch ohne meine Hilfe schaffen. Ihr müsst nur wissen, was ich weiß: Der Becher gehörte dem griechischen Philosophen und begnadeten Redner Protagoras. Wer aus dem Becher trinkt, dem glauben seine Zuhörer jedes Wort, egal ob man die Wahrheit oder Unwahrheit sagt. Diese Wirkung hält ungefähr eine Stunde an. (Trinkt der Redner nach einer Stunde erneut aus dem Becher, verlängert sich die Wirkung entsprechend um eine weitere Stunde.) Aber der Becher wirkt nur bei gesprochener Rede. Bei geschriebener Sprache entfaltet er keinerlei Kraft. Ich brauche euch nicht zu sagen, welche Gefahren von diesem Becher ausgehen, wenn er in die falschen Hände gerät. (Stellt euch nur vor, was geschehen könnte, wenn ein Redner vor den Senat von Rom tritt, der aus dem Becher getrunken hat! Er könnte die Senatoren Roms von ALLEM überzeugen: davon, dass es das Beste für die Stadt wäre, sie niederzubrennen, allen Reichtum in den Tiber zu werfen, oder was dergleichen Unfug mehr wäre.)
Ich muss schließen. Seid vorsichtig, traut niemandem und gebt nicht auf! Ich wünsche euch Erfolg und alles Glück des Himmels und der Erde – ihr werdet es brauchen.

Euer Quintus Mucius Scaevola

»Und jetzt?« Lenz hatte den Brief Fenne vorgelesen. Er sah zu dem Mädchen, das ebenso sprachlos wie er mit dem Rücken zur verschlossenen Tür stand.

Fennes Augen führten mal wieder den Fenne-Tanz auf. Das taten sie immer, wenn sie besonders scharf nachdachte. Sie fixierte mit den Augen erst irgendeinen Punkt links. Dann sah sie nach rechts, dann wieder nach links, dann wieder nach rechts, und so ging es hin und her, während Fenne anscheinend jede Möglichkeit, die sie hatten, im Kopf durchspielte.

»Wir müssen weitermachen«, sagte sie schließlich.

»Ohne Hilfe?« Lenz wurde noch ein bisschen schwindeliger.

Das Mädchen wiegte den Kopf hin und her. »Nicht ganz ohne Hilfe. Wir haben diesen Quästor Sallust, falls wir ihm trauen können. Der alte Scaevola hat ihm jedenfalls vertraut. Ferner haben wir vielleicht Rufus, den Haussklaven von Silvester und Cornelia.«

»Wir haben wenigstens einen Vorteil«, überlegte Lenz, während sie die Straße hinunterliefen. »Wer auch immer den Becher hat, er weiß nicht, dass wir hinter ihm her sind und dass wir wissen, was es mit dem Becher auf sich hat.«

Lenz seufzte. Diese Zeitreise war nicht nach seinem Geschmack. Einen Becher aus der Antike abzuholen, dagegen hätte er nichts gehabt. Aber im antiken Rom, ganz auf sich selbst gestellt, hinter einem Zauberbecher herzujagen, ohne zu wissen, mit wem sie sich eigentlich anlegten, das war mindestens zwei Nummern zu groß. Das machten auch so ein Sallust oder Rufus nicht wett.

Fenne kickte missmutig einen Stein vom Pflaster.

»Aber was nützt uns das? Wenn wir sowieso alles glauben, was der Täter sagt, weil er aus dem Becher getrunken hat, dann kann er uns doch so oder so in die Irre führen.«

Lenz schoss plötzlich eine Idee durch den Kopf. Er hielt Fenne am Arm fest.

»Nein! Scaevola hat uns ein Gegengift gegen die Wirkung des Bechers verraten!«

Fenne verstand kein Wort.

»Bei geschriebener Sprache entfaltet der Becher keine Kraft, steht in dem Brief des Scaevola! Und wenn das stimmt, dann haben wir einen super Test, um herauszufinden, ob jemand aus dem Becher getrunken hat: Wir schreiben einfach auf, was der Verdächtige sagt. Dann lesen wir uns das Geschriebene durch. Wenn das Gesprochene glaubwürdig klang, dieselben Sätze in geschriebener Form aber unglaubwürdig erscheinen, dann ist es wahrscheinlich, dass der Redner aus dem Becher des Potagoras getrunken hat.«

Fenne kratzte sich am Hinterkopf. »Das klingt gut.« Sie sah Lenz mit ihren himmelblauen Augen an. »Das klingt Lenz-mäßig gut.«

Da wurde Lenz schon wieder ein bisschen schwindelig. Aber es war ein besserer Schwindel als der, den er vor dem Haus des Scaevola empfunden hatte. Es war ein Schwindel, in dem er sich geborgen fühlte. *Lenz-mäßig gut*, hatte Fenne gesagt. Das hatte *Fenne* gesagt. Fenne mit den himmelblauen Augen! Lenz hätte vor Glück in

Ohnmacht fallen können – aber er wollte nicht mehr aufhören, in diese Augen zu sehen! Nie mehr. Und deshalb konnte er nicht in Ohnmacht fallen. Er wollte nur hier stehen, in Rom, egal zu welcher Zeit, und immer und ewig in Fennes Augen schauen und es genießen: *Lenz-mäßig gut*.

Aber daraus wurde nichts. Denn Henrik und Silvester tauchten auf. »Ach hier seid ihr!«

»Die Sichelmachergasse ist da vorn«, sagte Silvester.

Sie liefen die Straße weiter hinunter.

»Was sagt Scaevola?«, fragte Henrik, während sie sich durch die Menschenmassen zwängten.

»Nichts mehr«, erwiderte Lenz. Er musste schlucken und fügte hinzu: »Er ist gestern Nacht gestorben.«

Henrik und Silvester blieben wie angewurzelt stehen.

Lenz zeigte Henrik und Silvester den Brief, den Scaevola ihnen hinterlassen hatte.

Henrik schüttelte den Kopf. »Das alles hätte er uns doch gleich sagen können!«

Lenz wiegte den Kopf hin und her. »Vielleicht wollte er das und hat nicht mehr genug Kraft gehabt.«

»Kann sein«, murmelte Henrik. »Heute ist jedenfalls nicht gerade unser Glückstag.«

»Cicero wollte uns auch nicht empfangen.« Silvester musterte intensiv die Pflastersteine der Straße.

»Warum nicht?«, fragte Fenne.

Silvester verzog das Gesicht. »Der Herr Konsul hat es anscheinend nicht nötig, sich mit Kindern abzugeben. Wir wurden gar nicht ins Haus eingelassen. Und die Auskunft, dass wir von Scaevola geschickt wurden, hat auch keinen interessiert.«

»Der Mistkerl von einem Wächter hat uns ausgelacht, weil wir kein Empfehlungsschreiben von Scaevola dabeihatten!« Henrik knirschte vor Wut mit den Zähnen. »Ich hasse solche Typen! Nur weil wir Kinder sind, müssen wir doch nicht automatisch Quatschköpfe sein, die den Bundeskanzler verarschen wollen!«

»Den Konsul«, verbesserte Lenz.

»Wen auch immer!«, sagte Henrik unwirsch und sah sich um. »Wo ist diese verflixte Mistgasse?«

Silvester deutete mit dem Kinn auf einen schmalen Gang, der rechts zwischen zwei Häusern abzweigte.

»Aber wir gehen erst die nächste rechts und nähern uns dem Haus von hinten. Cornelia wartet hinter dem Fenster des Weinkellers.«

Aus den geheimen Lebenserinnerungen der Alten Wöhr
Teil VIII

Cornelia war ein Mädchen, das nicht auffiel. Niemandem. Und genau das war eine ihrer größten Stärken. Wenn Cornelia es wollte, schaffte sie es, dass jeder sie übersah, obwohl sie offensichtlich anwesend war. Es war wie verhext: Cornelia war da, aber die übrigen Anwesenden schienen sie einfach nicht wahrzunehmen. Das Mädchen hatte die Gabe, so selbstverständlich in einem Raum zu stehen, wie ein Tisch oder eine Lampe. Und wer fühlt sich schon von seinem Tisch beobachtet? Ich selbst bin ihr mehr als einmal auf den Leim gegangen und habe einige Zeit gebraucht, bis ich die Möglichkeiten, die diese Fähigkeit barg, erkannte: Cornelia war die perfekte Spionin!

Und weil es ihr gelang, sich sozusagen unsichtbar zu machen, und dank der Tatsache, dass sie sich ebenso geräuschlos anschleichen konnte wie Henrik, gelang es ihr damals innerhalb kürzester Zeit, im Haus des Curius eine Menge wertvoller Informationen zu sammeln. Sie kannte nicht nur jeden Winkel, jede Abstellkammer und jede versteckte Tür des Gebäudes – auch über den Hausherrn und seine Freunde wusste sie bald bestens Bescheid.

9. Kapitel

»Wie geht's?«

»Prima!«

»Im Ernst?«

»Natürlich nicht.« Cornelia sprach mit gedämpfter Stimme.

Lenz, Fenne, Silvester und Henrik hockten in einer schmalen Seitengasse, taten so, als würden sie mit Würfeln spielen und hörten sich an, was Cornelia, die hinter dem Kellerfenster auf einem Weinfass stand, berichtete.

»Sklaven haben ein Mistleben!«, sagte Cornelia.

»Schlagen sie dich?«, fragte Silvester besorgt.

»Nein, aber dieser Curius ist launisch und seine Freundin Fulvia ist die größte Zicke von Rom. Dabei leben die beiden hier in Saus und Braus«, hörte Lenz Cornelia aus dem Kellerfenster sagen.

»Was hast du rausgefunden?« Henrik warf die Würfel, achtete aber gar nicht darauf, wie sie fielen.

»Dieser Curius hat den Becher nicht mehr. Er war nur der Bote für einen Freund namens Catilina«, sagte Cornelia.

Lenz und Henrik sahen sich an. Dieser Becher schien immer gerade weitergereicht zu werden, bevor sie ihn erwischen konnten! Das war ja ein regelrechter Wanderpokal.

»Hast du eine Ahnung, was dieser Catilina damit anfangen will?«, fragte Henrik weiter.

»Nein. Mist. Da kommt jemand!« Cornelias Stimme klang plötzlich sehr aufgeregt. »Bis morgen, macht, dass ihr wegkommt!«

Dann hörten sie ein Rumpeln, eine Tür quietschte in den Angeln.

»Auf geht's, Leute, wir haben einiges vor«, sagte Henrik.

Fenne, Lenz und Silvester sahen ihn an. Was hatten sie denn vor? Lenz wollte eigentlich nur zurück zum Haus von Silvesters Eltern – oder endlich die Stadt besichtigen.

Aber Henrik schmiedete schneller Pläne als sie alle zusammen: »Wir müssen herausfinden, wer dieser Catilina ist, wo er wohnt und was er vorhat.«

Silvester sah ihn ratlos an. »Und wie sollen wir das herausfinden?«

Henrik grinste. »Wir fragen Sallust. Der kennt doch alles und jeden.«

Und noch ehe Lenz sagen konnte, dass er eigentlich die Stadt besichtigen wollte, rannten Henrik, Silvester und Fenne zum Forum, um den Quästor Sallust im Tempel des Saturn zu suchen.

»Ich finde das Forum wirklich schön, aber den Rest der Stadt würde ich auch gern anschauen«, keuchte Lenz, als sie die Stufen des Tempels hinaufhechteten.

»Warte doch erst noch, was Sallust zu sagen hat. Vielleicht haben wir gleich eine heiße Spur«, sagte Henrik und stiefelte die letzten Stufen zum Tempel rauf.

Lenz nickte. Natürlich war der Auftrag wichtiger, da hatte Henrik recht.

Silvester und Fenne warteten schon oben vor den Säulen.

Die Kinder hatten ausnahmsweise Glück: Der Quästor Sallust war im Tempel. Er kam ihnen mit sorgenvoller Miene entgegen.

Als sie ihn nach Catilina fragten, zuckte er zusammen. »Catilina? Ihr meint Lucius Sergius Catilina, der als Propraetor in Afrika gewesen ist und sich für dieses Jahr als Konsul wählen lassen wollte? – Was wollt ihr von dem?«

»Den Becher des Protagoras«, sagte Henrik trocken. »Und die Auskunft, ob er zufällig Cicero abmurksen will.«

Lenz musste grinsen, als er das verdutzte Gesicht des Römers betrachtete – in Sachen Lässigkeit war Henrik unschlagbar.

Sallust legte einen Finger an die Lippen. »Nicht so laut!« Er versteckte sich hinter einer der Säulen und murmelte: »Ihr müsst vorsichtiger vorgehen! Seid neugierig, aber nicht so leichtsinnig!« Er deutete über das Forum hinüber zur Kurie. »Woher wollt ihr wissen, wer von den Senatoren, wer von den Bürgern nicht auch Lust hätte, Cicero zu beseitigen? Cicero ist ein Emporkömmling, das dürft ihr nicht vergessen.«

Lenz schluckte. »Beseitigen« klang nicht gerade danach, als sei damit das Absetzen des Konsuls gemeint. Es klang tatsächlich nach Meuchelmord, oder wie Henrik sagen würde: abmurksen. Lenz lief trotz des Sommerwetters ein eiskalter Schauer über den Rücken. Diese Zeitreise wurde ja immer schlimmer. Erst starb ihr Kontaktmann Scaevola an Altersschwäche und dann stellte sich das antike Rom auch noch als eine Mördergrube heraus!

Sallust sah Henrik ernst in die Augen und fragte schließlich: »Ich selbst kann Cicero nicht ausstehen, das ist allgemein bekannt! Auch wenn ich ihn deshalb nicht gleich meucheln will. Warum glaubt ihr, dass ihr ausgerechnet mir vertrauen könnt?«

Henrik zuckte mit den Schultern. »Wer oder was sagt dir, dass wir dir vertrauen?«

Da pfiff Sallust durch die Zähne, musterte Henrik anerkennend und murmelte: »Gute Antwort!« Er warf noch einen Blick auf das Forum. »Kommt nicht mehr hierher. Ich werde euch benachrichtigen, wenn ich Informationen für euch habe. Und ein guter Rat: Fragt nicht mehr nach Catilina und haltet euch von ihm fern. Der schreckt vor nichts zurück. Vor nichts! Versteht ihr? Wenn ihr wissen wollt, wer Ciceros Feinde sind, dann folgt den Schulden.«

»Den Schulden?«, fragte Silvester.

Aber da verschwand der Quästor schon im Tempel.

Die vier Zeitenläufer setzten sich auf die Stufen des Tempels. Lenz ließ seinen Blick über das Forum schweifen. Jetzt sahen die Römerinnen und Römer nicht mehr altehrwürdig aus. Die ganze Eleganz, die dieser Platz mit seinen vornehmen Leuten noch am Vortag ausgestrahlt hatte, schien mit einem Schlag verschwunden. Jeder konnte hier anscheinend einen Dolch unter der Toga versteckt haben, um seinen Nebenmann oder auch den Konsul zu ermorden.

»Was meint Sallust damit, dass Cicero ein Emporkömmling ist? Kommt er etwa aus einer armen Familie?«, fragte Fenne.

Silvester schüttelte den Kopf. »Ciceros Familie gehört schon zur Oberschicht. Aber er ist der erste Konsul aus seiner Sippe. Das kommt nur selten vor. Normalerweise werden nur Männer zum Konsul gewählt, in deren Familie es schon mindestens einen Konsul gab.«

Lenz und Henrik schüttelten die Köpfe. »Das ist doch total ungerecht!«

Silvester wiegte den Kopf hin und her. »Findet ihr?«

»Natürlich! Gerecht ist doch nur, wenn jeder, der in Rom lebt, auch die Chance hat, Konsul zu werden!«, sagte Lenz.

»Jeder?« Silvester lachte. »Du meinst auch der dümmste Sklave oder ein Mann aus dem einfachen Volk sollte Konsul werden können?« Silvester schüttelte den Kopf. »Sagt bloß, dass das in eurer Zeit so ist.«

»Das ist allerdings der Fall. Bei uns darf jeder Mann und auch jede Frau wählen und gewählt werden.« Lenz überlegte. »Oder fast… Ausländer dürfen nicht gewählt werden und dürfen nicht wählen…« Noch während Lenz sich überlegte, ob das nicht genauso ungerecht war, und Silvester aus dem Lachen nicht mehr rauskam, weil in Lenz' Zeit auch *Frauen* Politik machen durften, sagte Henrik: »Wir müssen mehr über diesen Catilina erfahren.

Wo er wohnt, wer seine Freunde sind, was er macht und so weiter.« Henrik sah auf das Forum hinab, wo die vornehmsten Römer sich trafen und miteinander über die große Politik und vermutlich auch über ihre Privatangelegenheiten diskutierten. »Vielleicht steht er direkt vor uns und wir erkennen ihn nicht.«

»Und wir brauchen eine Liste mit allen Leuten der Oberschicht, die Schulden haben«, sagte Fenne. »Denn das war ja Sallusts Tipp.«

»Kein Problem«, sagte Silvester. »Rufus kennt den Schreibsklaven bei einem Geldverleiher. Der weiß immer, wer bei wem Schulden hat. Mein Vater hat Rufus auch schon öfter um Auskunft gebeten, wenn er wissen wollte, ob seine Auftraggeber überhaupt genug Geld für ihren Bau haben.«

»Worauf warten wir dann noch?« Henrik stand auf. Er sah zu Lenz hinüber, der noch immer auf den Stufen saß und sich überlegte, wie ein wirklich gerechtes Wahlsystem aussehen müsste. »Lenz! Hast du etwas vergessen?« Ein breites Grinsen lief über das Gesicht des Strahlemanns. »Du wolltest doch den Rest der Stadt besichtigen!«

Lenz sah zu ihm hoch. Das hätte er allerdings wirklich fast vergessen. Aber dass Henrik wieder diesen überheblichen Ton draufhatte, das passte Lenz ganz und gar nicht. Aber ehe Lenz Henrik an den Kopf werfen konnte, dass er sich von einem Sonnenbrillen-Heini wie ihm nicht auf den Arm nehmen lassen wollte, sagte Fenne: »Prima Idee! Aber unser Spezialauftrag ist zuerst dran!«

Aus den geheimen Lebenserinnerungen der Alten Wöhr Teil IX

Lucius Sergius Catilina war bekannt als ein hinterhältiger, skrupelloser Mann, der buchstäblich über Leichen ging. Schon in seiner Jugend hatte dieser Kerl sich zu den Leuten um den machthungrigen Diktator Sulla geschlagen. Und er schreckte nicht davor zurück, seinen Bruder und seinen Schwager zu ermorden, um sich selbst zu bereichern. Dabei war Catilina nach allem, was ich über ihn erfahren konnte, kein Dummkopf, wie so viele Verbrecher. Um so grausamer waren seine Taten: Er bereicherte sich rücksichtslos, denn Reichtum und Macht gingen Catilina über alles. Dabei war ihm jedes Mittel recht. Kurz bevor ich die Zeitenläufer nach Rom sandte, war er in der Wahl zum Amt des Konsuls Cicero unterlegen. Der Senat hätte danach besser auf Catilina aufpassen müssen. Denn so ein rachsüchtiger, machtsüchtiger und mit allen Wassern gewaschener Schuft lässt eine verlorene Wahl natürlich nicht auf sich beruhen. Aber selbst Scaevola hatte keine Ahnung davon, dass sich ausgerechnet dieser Mann den Becher des Protagoras unter den Nagel gerissen hatte.

Als mir Fenne später berichtete, dass Catilina in die Geschichte verwickelt und mein alter Freund Scaevola gestorben war, hielt ich noch im Nachhinein den Atem an. Ein Mann wie Catilina war mehr als eine Nummer zu groß für meine fünf jungen Freunde. Aber ich ahnte damals nicht, dass Catilina in die Geschichte verwickelt war – und meine Zeitenläufer ahnten nicht, mit wem sie sich da anlegten.

10. Kapitel

Es klopfte.

Lenz machte die Augen auf und wusste einen Moment nicht, wo er war. Das Bett, das vom fahlen Licht des Halbmondes beleuchtete Zimmer, selbst die Bettdecke, unter die er gekrochen war, alles kam ihm unbekannt vor.

Es klopfte wieder. Dann öffnete jemand die Tür.

»Henrik!«, flüsterte Lenz. »Da ist jemand!«

Schlagartig war die Erinnerung wieder da. Er war im antiken Rom und lag im Gästezimmer von Silvesters und Cornelias Eltern. Cornelia verbrachte gerade ihre zweite Nacht im Haus des Curius und hatte sich als Sklavin getarnt. Sie waren einem Mann namens Catilina auf den Fersen, der sie aber nicht entdecken durfte. Aber möglicherweise war das schon geschehen. Denn ein ziemlich großer und breiter Mann schob sich in das Zimmer.

»Henrik! Wach auf!«, flüsterte Lenz noch einmal und hoffte heimlich, dass alles nur ein Traum war. Er zwickte sich, aber es half nichts – er war zweifellos schon wach. Und was sich da ins Gästezimmer schlich, war kein Albtraum, sondern ein Mann aus Fleisch und Blut! Lenz brachte keinen Ton mehr heraus und zog die Bettdecke unauffällig über sich, bis nur noch seine Nasenspitze und die Augen herauslugten. Was wollte der Kerl hier? War er einer der vielen völlig verschuldeten Römer? Rufus, der Haussklave, hatte ihnen am Nachmittag eine ganze Liste mit Namen besorgt. Vielleicht hatte jemand davon Wind bekommen und wollte seinen Namen von der Liste löschen – oder er wollte die Besitzer der Liste auslöschen, abmurksen und meucheln …

Der Mann schritt genau auf Lenz' Bett zu. Er beugte sich zu ihm herunter. Lenz konnte nicht mehr atmen vor Angst und musste ziemlich plötzlich und sehr dringend aufs Klo.

»Bist du wach, Lenz?«, fragte der Mann.

»Rufus!«, sagte Lenz erleichtert. »Warum schleichst du hier mitten in der Nacht herum?«

»Psssst! Weck nicht gleich das ganze Haus auf!«, flüsterte der breitschultrige Haussklave. »Zieh dich an, weck Henrik. Cornelia braucht eure Hilfe. Sofort.«

»Woher weißt du das?«, fragte Lenz atemlos.

Er sah Rufus im Mondlicht grinsen. »Mein Bruder ist im Haus des Curius, schon vergessen?«

Lenz stand auf. Er weckte Henrik, der wie ein Stein geschlafen hatte. Sie zogen sich schnell die Tuniken über die Köpfe, als auch schon Silvester und Fenne im Gästezimmer erschienen.

Die vier Kinder schlichen sich hinter Rufus aus dem Haus.

»Danke, Rufus!«, sagte Silvester vor der Tür. »Wir kommen allein klar.«

Aber der kräftige Mann, der eine Fackel in der Hand hielt, schüttelte den Kopf. »Das glaube ich kaum, Silvester. Ich werde euch begleiten. Ob ihr wollt oder nicht. Das hier ist kein Ausflug! Catilina hat einen schlechten Ruf. Und Curius ist auch nicht gerade ein Unschuldslamm.«

Silvester seufzte. Lenz hingegen war es ganz recht, dass Rufus sie begleiten wollte. So fühlte er sich wenigstens ein bisschen sicherer.

»Was ist überhaupt los?« Henrik rieb sich den Schlaf aus den Augen.

»Catilina ist in Curius' Haus. Sie feiern da ein Fest, zu dem noch eine Menge andere Leute eingeladen sind. Also los.« Silvester trabte im Zwielicht, das der Mond und die Fackel von Rufus warfen, die Straße hinunter.

»Dieses Fest ist eine geheime Versammlung von Catilinas Leuten, wenn ihr mich fragt«, sagte Rufus, der locker neben ihnen herlief.

»Aber warum findet diese Versammlung dann nicht in Catilinas Haus statt?« Fenne hielt mit Silvester, Rufus und Henrik Schritt, nur Lenz hatte mal wieder Mühe hinterherzukommen.

»Das wäre zu auffällig«, antwortete Rufus. »Außerdem ist er mal wieder pleite. Dieser Catilina kann sich kein Fest mehr leisten, angeblich hat er noch nicht mal mehr genug Geld, um sein Privatbad zu betreiben, und er besitzt nur noch einen einzigen Sklaven.«

»Das heißt, wir haben heute Nacht eine Chance, den

Becher zu finden!«, sagte Henrik und legte noch einen Zahn zu. Lenz verstand mal wieder nicht, wie man so schnell rennen und dabei auch noch reden oder gar nachdenken konnte. Er war ganz und gar damit beschäftigt, Schritt zu halten, ohne in der Dunkelheit, die Fackel- und Mondlicht nur notdürftig erhellten, zu stolpern. Was den Römern fehlte, war eine gescheite und flächendeckende Straßenbeleuchtung.

Sie rannten an der Sichelmachergasse vorbei, bogen – genau wie am Morgen des vergangenen Tages – in die Gasse auf der Rückseite des Hauses ein. Die Kellerfenster waren leider vergittert, sodass sie da nicht reinkriechen konnten.

»Da drüben geht's rein!«, sagte Rufus, während er die Fackel löschte und sie vor dem Kellerfenster ablegte. Sie liefen noch tiefer in die Gasse hinein, bis das Gebäude, unter dem der Weinkeller lag, von einer Mauer abgelöst wurde. »Ab jetzt heißt es: Klappe halten! Bei allen Göttern: Lasst euch nicht erwischen! Ich warte hier auf euch. Möge Jupiter euch schützen! Mein Bruder weiß, dass ihr kommt.«

»Woran werden wir ihn erkennen?«, fragte Henrik noch.

Rufus grinste im Licht des Mondes. »Er ist mein Zwillingsbruder!« Der Sklave stellte sich mit dem Rücken zur Mauer und machte für sie die Räuberleiter. Zuerst für Silvester. Er stieg erst in Rufus' Hand, dann auf die Schulter, dann bekam er die Oberkante der Mauer zu fassen, zog sich hoch und schwang sich hinüber. Ebenso machten es Fenne und Henrik. Nur Lenz zögerte.

»Was ist denn hinter der Mauer?«, fragte er den breitschultrigen Mann.

Rufus grinste wieder. »Hat mich schon gewundert, dass die anderen das nicht wissen wollten! Hinter der Mauer ist der Kräutergarten. Da ist im Augenblick kein Mensch, außer dem Küchenmädchen. Und das Küchenmädchen ist eine neue Sklavin namens …« Rufus zwinkerte Lenz zu.

»Cornelia?«, fragte Lenz.

Der Sklave nickte.

»Also los, rauf mit dir! Oder willst du lieber hier mit mir warten, bis deine Freunde zurückkommen?«

Das wollte Lenz allerdings. Andererseits wollte er seine Freunde auch nicht feige im Stich lassen. Also versuchte er, nicht darüber nachzudenken, und stieg in Rufus' Hand. Aber Lenz war zu klein. Er bekam die Mauer nicht zu packen. Zum Glück war Lenz nicht nur klein, sondern auch leicht.

Als Rufus sah, wie er sich abmühte, schob er von unten, bis Lenz es irgendwie auf die Mauer schaffte. Lenz krallte sich mit den Fingern an der Mauer fest und ließ sich langsam hinuntergleiten, bis seine Füße einen Meter über dem Boden in der Luft hingen.

»Nun mach schon!«, hörte er Henrik flüstern. »Oder traust du dich etwa nicht? Du müsstest mit deinen Segelohren flattern wie ein Schmetterling, Lenz. Dann könntest du über so eine Mauer fliegen!«

Lenz schloss die Augen, ließ endlich die Mauerkante los und landete in einem umgegrabenen Beet. Er wollte Henrik gerade an den Kopf werfen, dass er seine blöde Klappe halten solle, als ein Mädchen aus dem Dunkel trat.

Es war Cornelia. »Da seid ihr ja endlich! Los, kommt mit! Es ist unsere Chance! Sie sind alle da und Catilina schwingt gleich eine große Rede!«

Noch ehe Lenz die anderen fragen konnte, wie sie denn nun eigentlich vorgehen wollten, schlichen die sich ins Haus.

»Au Backe«, murmelte Lenz und hatte das dumpfe Gefühl, dass sie drauf und dran waren, kopflos vorzugehen und sich erwischen zu lassen. Aber zum Diskutieren war es jetzt sowieso zu spät. Also gab er sich einen Ruck und schlich hinter den anderen her in die Höhle des Löwen.

Aus den geheimen Lebenserinnerungen der Alten Wöhr
Teil X

Was für eine gute Gruppe von Zeitenläufern ich da zusammengebracht hatte, das wurde mir erst klar, als ich erfuhr, was im Garten des Curius geschehen war: Die fünf hatten sich in das Haus des Curius geschlichen und sie taten es mit ganz verschiedenen Gedanken und Gefühlen.

Cornelia kannte sich im Haus gut aus und wusste, dass sie die anderen vor Curius und seiner Freundin verbergen konnte, wenn sie gut aufpassten. Denn das Haus war weitläufig und hatte zwei Geschosse. Und es hatte zwei Höfe: Zunächst, wie immer, das Atrium, und hinter dem Atrium kam ein zweiter, ebenfalls rechteckiger Innenhof mit Springbrunnen in der Mitte. Dieser Innenhof war, wie bei vielen Häusern der reichen Römer, im Erdgeschoss umgeben von einem überdachten Säulengang. Cornelias Plan war es, sich über diesem Säulengang im Obergeschoss direkt unter den Dachpfannen zu verstecken und von dort aus das Geschehen im Innenhof zu beobachten.

Henrik hingegen stürmte in das Haus mit dem Ziel, Catilina den Becher zu entreißen und ihn direkt zum Zeitloch zu bringen.

Silvester wiederum hatte sich im Bett hin und her gewälzt und sich Vorwürfe gemacht, wie er es zulassen konnte, dass seine kleine

Schwester als Sklavin im Haus des Curius übernachten musste. Er wollte Cornelia da rausholen. Koste es, was es wolle.

Fenne hatte bemerkt, dass Henrik sehr schnell vorgeprescht war, und fürchtete, dass er in seinem Übereifer zu leichtsinnig werden konnte, und versuchte, ihn zu bremsen.

Und Lenz bremste die ganze Meute, in dem er, wie immer, zögerte.

Durch diese Ausgangslage stürzten sich die Zeitenläufer zwar in die Höhle des Löwen, aber sie waren dabei nicht halb so kopflos, wie Lenz befürchtete.

Nur in einem Punkt sollte Lenz recht behalten: Sie waren drauf und dran, sich erwischen zu lassen …

11. Kapitel

Cornelia huschte wie ein Schatten durch das Haus des Curius. Sie gab den anderen immer wieder Zeichen, dass sie sich ducken oder in einem Zimmer verstecken sollten. Sie kannte eine Menge Verstecke in dieser Villa, in der Curius mit seiner Freundin Fulvia lebte. Es war unglaublich, welchen Luxus sich diese reichen Römer leisten konnten, fand Lenz. Dann aber fiel ihm ein, dass auch Curius auf der Liste der verschuldeten Römer stand – der Kerl konnte sich diesen Luxus gar nicht leisten! Und trotzdem hatte er ein Heer von Sklaven und unterhielt eine riesige Villa.

Cornelia führte sie eine Treppe hinauf und zeigte auf einen Verschlag, hinter dem sie sich verstecken konnten. Silvester kroch als Erster hinein. Henrik aber blieb vor der niedrigen Tür stehen.

»Ist dieser Catilina zu Fuß gekommen?«, fragte er Cornelia flüsternd.

Cornelia schüttelte den Kopf. »Natürlich nicht! Der hat sich in einer Sänfte tragen lassen.«

»Und wo steht diese Sänfte jetzt?«, fragte Henrik weiter.

»Die ist leicht zu finden: Es ist die einzige Sänfte, die im Atrium steht. So was habe ich noch nie gesehen! Kein Mensch stellt eine Sänfte im Atrium ab. Aber dieser Catilina scheint Angst zu haben, dass ihm jemand das gute Stück klauen könnte. Er lässt sie sogar von zwei Männern bewachen«, flüsterte Cornelia.

Henrik sah Fenne an und nickte zufrieden. »Vielleicht hat er ja auch etwas in der Sänfte versteckt, was für großen Wert von ihm ist. Zum Beispiel …«

»… einen Becher«, vollendete Fenne Henriks Satz.

Das Mädchen überlegte noch einmal kurz, dann sagte sie: »Wir sehen uns diese wertvolle Sänfte mal an.« Sie sah herüber zu Lenz. »Hast du was zum Schreiben dabei?«

Lenz schüttelte den Kopf.

»Ich besorg uns was«, sagte Cornelia schnell.

»Schreibt auf, was dieser Catilina sagt«, sagte Fenne. »Damit wir rauskriegen, ob er aus dem Becher getrunken hat.« Sie zwinkerte Lenz zu. »Bis gleich!«

Und noch ehe Lenz sagen konnte, dass sie aufpassen solle und dass sie sich nicht erwischen lassen solle und dass sie das tollste und netteste Mädchen aller Zeiten war, waren Henrik und Fenne schon im Dunkel des Gangs verschwunden.

»Komm rein, Lenz!«, flüsterte Silvester in dem Verschlag unter der Dachschräge. »Der Platz ist hervorragend!«

Lenz kroch hinter die Holzverkleidung. Silvester hatte nicht zu viel versprochen: Sie kauerten hier über dem Säulengang, der den Innenhof umgab. Ein paar Schwalben hatten ihre Nester an einen der Balken geklebt. Und über diesem Schwalbennest fehlten zwei Dachziegel. Durch diese Lücke hatten Silvester und Lenz einen perfekten Ausblick, ohne selbst gesehen zu werden.

Offensichtlich verstand dieser Curius was vom Feiern! Der ganze Hof war mit Fackeln und Laternen erleuchtet. Einige Musiker spielten auf einem kleine Podest, das auf dem Rasen des Innenhofs aufgestellt war. Davor tanzten ein paar Frauen. Der Hof war überfüllt mit Römern in Toga, Frauen in edlen Kleidern und einigen Frauen in ziemlich durchsichtigen Gewändern. Überall standen Skulpturen herum, drei Springbrunnen plätscherten und die Sklaven kamen mit dem Verteilen von Weinkelchen und dem Nachschenken aus den Amphoren kaum nach.

»Ihr hättet sehen müssen, was es an Speisen gab! Die haben gefressen wie die Schweine!«, flüsterte Cornelia, die in diesem Augenblick zu ihnen gekrochen kam und ihnen ein paar Blätter Papyrus, ein Tintenfässchen und Federkiele reichte. »Libellenschwänze in Honigsoße fand ich das Beste. Wenn ich mich nicht irre, haben die Kerle da unten das halbe Meer leer gefuttert: Muscheln, Fische, Hummer, Seesterne und in Lorbeer-Öl gebratene Seepferdchen-Augen. Außerdem jede Menge –«

Aber weiter kam Cornelia nicht, denn die Musik verstummte und die Frauen, Tänzerinnen, Musiker und Sklaven wurden aus dem Hof verscheucht. Dann betrat ein Berg von Mann das Podest, das auf dem Rasen stand. Der Kerl war an die zwei Meter groß und hatte die Statur eines Ringers: Auf seinen breiten Schultern ruhte der

Kopf auf einem muskulösen Nacken. Er trug eine weiße Toga, hatte dunkles, kurz geschorenes Haar und eine kurze, platte Nase wie ein Boxer. Der Kiefer dieses Mannes war so breit und kräftig, dass Lenz sich nicht gewundert hätte, wenn dieser Koloss von Mensch die Schalen eines Hummers einfach mit seinen Backenzähnen geknackt hätte. Seine Augen lagen so tief in den Augenhöhlen unter der Stirn versteckt, dass Lenz sie von oben nur erahnen konnte.

»Das ist er!«, hauchte Cornelia.

»Wer? Curius?«, fragte Silvester.

»Nein, das ist Catilina.«

Lenz schluckte. Das war Catilina? Mussten sie sich ausgerechnet mit einem regelrechten Gladiator, so einem Goliath-Typen anlegen? Konnte die Alte Wöhr ihnen nicht endlich mal eine Aufgabe übertragen, der sie gewachsen waren? Warum schickte sie die Zeitenläufer nicht allesamt nach Belgien, um herauszufinden, ob die Pommes frites tatsächlich dort erfunden worden waren und von wem. Oder nach Paris, um beim Bau des Eiffelturms zuzuschauen. Das wären Zeitreisen nach Lenz' Geschmack gewesen. Aber was tat die Alte Wöhr? Sie schickte sie regelmäßig in die abenteuerlichsten Zeiten, ohne auch nur den Hauch einer Ahnung zu haben, was sie ihnen da zumutete. Lenz nahm sich fest vor, der Alten Wöhr endlich mal die Meinung zu sagen, wenn sie wieder bei ihr im Mittelalter waren. – Falls sie da jemals wieder hinkommen würden. Aber dann dachte Lenz nichts mehr, denn Catilina ergriff das Wort. Und das hieß für Lenz, Silvester und Cornelia: schreiben, schreiben und nochmals schreiben. Und zwar so schnell es ging.

»Freunde! Gefährten im Kampf!«, begann Catilina seine Rede, und Lenz fand ihn plötzlich nicht mehr beängstigend, sondern fühlte sich irgendwie zu ihm hingezogen. »Seht uns an! Wie ist es uns ergangen? Haben wir nicht alle unser Leben für Rom riskiert? Und was hat uns dieser Staat, diese Republik dafür als Lohn gereicht? Wir sind arm! Wir können unsere Häuser nicht mehr halten! Ich selbst habe kaum noch das Geld dazu! Von meinen fünfundsiebzig Sklaven ist mir ein einziger geblieben! Ich habe noch nicht einmal mehr genug Geld, mein Bad zu heizen.«

Lenz schrieb und schrieb, so schnell er konnte, er hatte gar keine Zeit, das Geschriebene durchzulesen, so schnell schrieb er. Und während Lenz diesen Catilina so reden hörte, tat dieser ihm richtig leid. Der arme Mann konnte sich noch nicht mal mehr Sklaven leisten!

»Und wer hat Schuld daran? Die Republik und allen voran dieser Konsul Cicero!«

Die Zuhörer unten im Hof waren ganz und gar von Catilinas Rede gebannt: Sie nickten mit den Köpfen, einige riefen: »Nieder mit dem Konsul! Hoch mit Catilina!«

»Die Zeit des Handelns ist gekommen, Freunde!«, rief Catilina. »Wenn uns Rom nicht geben will, was uns gebührt, dann werden wir es uns nehmen! Wir sind nicht allein! Die Truppen meines Freundes Manlius stehen bereit zum Kampf!« Er deutete auf zwei Männer rechts. »Laeca und Marcus, meine Freunde, ihr geht nach Sizilien und in die angrenzenden Provinzen, nehmt euch, was ihr braucht! Meuchelt die Heerführer und setzt euch selbst an die Spitze der Legionen!« Er ballte die Faust. »Und dann bereichert euch am Lande, bis euer Hunger gestillt ist!«

Lenz hätte fast geklatscht! Genau, dachte er. Genau so ist es richtig! Catilina verteilte weiter das ganze Land Italien unter den anwesenden Männern, sagte, wer in Rom bleiben sollte, welche Viertel der Stadt sie niederbrennen mussten, um ihre Feinde zu vernichten, und Lenz fand, dass es nach einem guten Plan klang. Bis er endlich Zeit hatte, einen Blick auf das zu werfen, was er mitgeschrieben hatte. Erst da gingen Lenz die Augen auf. Der Kerl plante einen Umsturz! Er verteilte ganz Italien unter seinen Freunden einzig und allein mit dem Ziel, sich zu bereichern!

»Übermorgen schlagen wir los! Ich selbst werde in Rom bleiben«, schloss Catilina seine Rede. »Denn solange Cicero lebt, will ich in seiner Nähe sein, um einen guten Augenblick abzuwarten, ihn zu beseitigen! Und ich sage euch beim Zorn des Mars: In zwei Tagen wird der Emporkömmling Cicero aus dem Weg geräumt sein und ich werde an seiner Stelle Konsul! Der Tod Ciceros soll das Signal für euch alle sein, endlich loszuschlagen.«

Da traten zwei Männer aus der begeisterten Menge vor, die riefen. »Wir meucheln ihn! Nieder den Cicero! Wir besuchen ihn morgen früh! Den Morgenbesuch kann und wird er uns nicht verwehren.«

Lenz schrieb mit, las und konnte es kaum glauben: Cicero schwebte in Lebensgefahr, die Männer planten, ganz Italien in einen Krieg zu stürzen und Rom niederzubrennen! Als er diese Pläne aus Catilinas Mund gehört hatte, hatten sie ihn begeistert. Erst die schriftliche Version der Rede enthüllte Lenz die Wahrheit: Da bahnte sich eine Katastrophe an. Zugleich war dies der Beweis, dass Catilina tatsächlich aus dem Becher des Protagoras getrunken haben musste!

»Oh nein, oh nein, oh nein!«, hörte Lenz sich selbst jammern.

»Pssst!«, machten Cornelia und Silvester.

Lenz schlug sich sofort mit der flachen Hand vor den Mund.

Aber es war schon zu spät: Die Klappe zum Verschlag flog auf. Jemand leuchtete mit einer Öllampe hinein und zischte: »Ach, sieh an, sieh an! Hier hast du dich verkrochen! Und du hast auch noch zwei Jungs mitgebracht!«

Lenz sah das extrem hübsche und extrem wütende Gesicht einer Römerin im Schein der Lampe. Die perfekt geschwungenen Lippen öffneten sich und der rote Mund dieser schönen Frau keifte: »Kommt sofort da raus, wenn euch euer Leben lieb ist!«

Aus den geheimen Lebenserinnerungen der Alten Wöhr
Teil XI

Natürlich machte sich Lenz noch lange Vorwürfe, weil sie seinetwegen erwischt worden waren. Aber ich versicherte ihm hinterher, dass so etwas wirklich dem besten Zeitenläufer passieren konnte. Sogar Henrik. Während Lenz, Silvester und Cornelia von Fulvia, die sie im Verschlag ertappt hatte, in ein Nebenzimmer geführt worden waren, hatte Henrik die Sänfte des Catilina durchsucht. Fenne stand Schmiere. Was die beiden nicht wussten, war, dass die Wachen des Catilina sehr wachsam waren. Und schlau noch dazu: Sie warteten ab, bis Henrik und Fenne von ihrer ergebnislosen Suche abließen und sie direkt zu den anderen führten. Ein fatales Missgeschick bei diesem Unternehmen.

12. Kapitel

Lenz ertappte sich dabei, dass ihm der Mund offen stand. So eine schöne Frau wie Fulvia, die da vor ihnen stand und auf Cornelia einschimpfte, hatte er noch nie in seinem Leben gesehen. Sie hatte die schwarzen Haare zu einer kunstvollen Frisur zusammengebastelt, die mit allerlei roten Bändern zusammengehalten wurde. Ihre Nase, das schmale Kinn, die Augen, ja selbst jedes einzelne Augenbrauenhaar schienen einfach perfekt zu sein. Wie konnte so eine schöne Frau nur mit so einem komischen Typen wie diesem Curius, der so üble Männer wie diesen Catilina zu seinen Freunden zählte, zusammenleben? Aber noch während er das dachte, wurde Lenz klar, dass diese Frage völliger Unsinn war: Ob schön oder nicht schön, jeder Mensch konnte Mist bauen. Und Fulvia war gerade dabei, gigantischen Mist zu bauen. Es war geradezu das Matterhorn des Mists, das sie in diesem Zimmer im Obergeschoss, in das sie die drei Kinder gescheucht hatte, auftürmte. Denn Fulvia wollte Cornelia auspeitschen und verkaufen lassen. Und von Lenz und Silvester wollte sie wissen, wo sie herkämen. Die schöne Frau schimpfte vor sich hin, bis Lenz schließlich sagte: »Halt mal die Luft an!«

Das war so frech, da war selbst Fulvia für einen Augenblick stumm.

»Hast du überhaupt eine Ahnung, was dieser Catilina für ein Schuft ist?«, fragte Lenz.

Fulvia legte den Kopf schief. »Ich denke schon.«

»Also ich fürchte, dass du das nicht weißt. Denn du weißt ja nicht, was er da gerade geredet hat. Oder etwa doch?«

»Nein, das weiß ich nicht. Und es ist mir auch vollkommen gleichgültig, was er gesagt hat! Nicht egal ist mir allerdings das unbotmäßige Verhalten dieser Sklavin. Es ist einfach unerhört!«

Die Frau steigerte sich schon wieder in ihre Wut hinein. Das kannte Lenz von seinen Lehrern. Wenn sich solche Leute erst einmal richtig schön in Rage geschimpft hatten, dann waren sie nicht mehr zu stoppen und schreckten auch vor den größten Dummheiten nicht zurück.

Um sie zu bremsen, zog Lenz das Blatt Papyrus unter seiner Tunika hervor. »Lies dir das durch. Und dann sage mir noch einmal, dass du wirklich wusstest, was für eine Sorte Schuft dieser Catilina ist.«

Er reichte der verdutzten Frau das Blatt, auf dem er Catilinas Rede mitgeschrieben hatte. Fulvia warf zunächst nur einen flüchtigen Blick auf das Blatt. Sie wollte es schon wegwerfen, als sie doch noch einmal auf die Zeilen sah. Ihre Augen weiteten sich. Sie begann zu lesen und hörte auch nicht auf, auf das Blatt zu starren, als sie die Rede bereits ausführlich studiert hatte.

»Nun? Wusstest du wirklich, was für ein Schuft dieser Catilina ist?«, wiederholte Lenz seine Frage.

Statt zu antworten, sagte Fulvia zögernd: »Ihr seid keine Sklaven, oder? Ihr seid Spione, stimmt's?«

»Stimmt«, sagte Silvester.

»In Ciceros Auftrag?« Fulvias Stimme war nicht wiederzuerkennen: Leise, fast flüsternd, presste sie jede Silbe aus ihrem Mund.

»Wir wären schlechte Spione, wenn wir dir verraten würden, in wessen Auftrag wir handeln. Aber ich kann dir zumindest sagen, dass wir nicht in Ciceros Auftrag hier sind.« Silvester verschränkte die Arme vor der Brust. »Die Frage ist auch nicht, in wessen Auftrag wir handeln. Die Frage ist, ob du weiter mit dieser Mörderbande unter einer Decke stecken willst!«

Lenz musterte Fulvia. Sie schien sich nicht so recht entscheiden zu können. Anscheinend stand für sie mehr auf dem Spiel, als er ermessen konnte. Warum sonst sollte sie zögern?

»Es geht um das Leben von vielen Menschen!«, redete Lenz ihr ins Gewissen. »Wenn diese Verschwörer da unten ihren Umsturz durchziehen, dann wird von Sizilien bis zu den Alpen jede Menge Blut fließen! Und das nur, damit so Typen wie Curius und Catilina ihre Schulden bezahlen können! Könnt ihr nicht einfach ein bisschen sparsamer leben? Zieht doch in eins von diesen Mietshäusern unten in der Stadt, das kann doch nicht so teuer sein!«

Fulvia zuckte zusammen.

Cornelia schüttelte den Kopf. »Ich glaube nicht, dass eine Frau wie Fulvia jemals auch nur auf ein Gramm Luxus verzichten wird. Die geht doch über Leichen!« Sie sah Fulvia in die Augen. »Dir ist doch das Leben von tausend Bauern, Soldaten und Sklaven völlig egal, solange du nur deine gegrillten Libellenschwänze essen kannst!«

Fulvia funkelte Cornelia zornig an. »Schweig, Mädchen! Erst täuschst du mich, schleichst dich in das Haus meines Freundes und dann beschimpfst du mich auch noch.«

»Die Frage ist, ob Cornelia recht hat«, sagte Lenz. »Geht dir der Luxus über alles, oder wirst du uns helfen, Catilina zu stoppen?«

Fulvia ließ sich auf eine Kiste, die an der Wand stand, sinken. »Wie könnte ich euch dabei helfen?«

»Du musst vor allem Stillschweigen bewahren«, sagte Silvester. »Bleib bei Curius und spioniere ihn aus – er vertraut dir doch, oder?«

Fulvia wiegte den Kopf hin und her. »Ich denke schon, ja. Er sagt mir eigentlich alles, was ich wissen will.«

»Perfekt!« Lenz rieb sich die Hände. »Cornelia bleibt fürs Erste als Sklavin hier im Haus, würde ich vorschlagen.«

Silvester nickte missmutig. »Aber vielleicht ist es besser, wenn sie deine persönliche Sklavin wird, dann musst du dich nicht immer in die Küche schleichen, wenn du neue Informationen für uns hast. Zudem wird Cornelia dann besser behandelt als in der Küche.«

Fulvia zuckte mit den Schultern. »Das ist kein Problem. Aber werdet ihr den Cicero noch rechtzeitig warnen können?«

»Gute Frage«, sagte Lenz zweifelnd. »Das wird schwierig für uns. Denn wir werden von Ciceros Leuten normalerweise schon an der Tür abgewiesen.«

Silvester ballte die Fäuste. »Weil sie keine Ahnung haben, diese Idioten von Wächtern!«

»Oder weil ihr Kinder seid.« Fulvia warf den Kopf in den Nacken. »Ich glaube aber kaum, dass auch nur einer der Wächter mir den Eintritt verwehren wird, wenn ich wünsche, mit Cicero zu sprechen.« Sie zwinkerte Lenz zu. »Der Konsul mag schwarzhaarige Frauen!«

Lenz merkte, dass er knallrot wurde. Er selbst stand zwar nicht auf schwarze Haare, aber diese Fulvia war einfach unglaublich hübsch.

»Bist du sicher?«, fragte Cornelia. »Das wäre natürlich prima, wenn du uns Zutritt zu Ciceros Haus verschaffen könntest.«

»Ich fresse einen Besen samt dem dazugehörigen Sklaven, wenn Cicero mich nicht empfangen will!«, sagte Fulvia. »Wir treffen uns morgen früh vor seinem Haus.«

»Ähh, ich will ja nicht unverschämt erscheinen, aber …« Lenz räusperte sich. »Morgen früh wird es leider zu spät sein, fürchte ich. Denn dann treffen sich bereits die Mörder vor seinem Haus!«

»Ist Curius dabei?« Fulvia starrte Lenz fassungslos an.

Silvester lachte trocken. »Keine Bange, dein geliebter Curius hat sich bisher zurückgehalten. Zwei andere Männer haben sich freiwillig gemeldet.«

»Wir müssen den Konsul sofort warnen, noch heute Nacht!«, sagte Cornelia.

Fulvia nickte nachdenklich. »Ihr habt recht.« Sie stand von der Kiste auf. »Ich ziehe mich rasch um. Soll ich euch hinausbegleiten?«

Aber Silvester und Lenz schüttelten die Köpfe. »Wir verschwinden lieber auf dem Weg, den wir gekommen sind. Alles andere wäre zu auffällig«, sagte Silvester. »Wir erwarten dich vor Ciceros Haus.« Die beiden Jungs wandten sich zum Gehen. Aber dann drehte sich Silvester doch noch einmal um. »Kann ich mich darauf verlassen, dass Cornelia gut behandelt wird?«

Fulvia legte Cornelia eine Hand auf die Schulter. »Darauf kannst du dich verlassen! Sie steht ab sofort unter meinem persönlichen Schutz. Und der zählt etwas in diesem Haus.«

Silvester atmete auf. Dann schlich er sich mit Lenz in den Garten, wo Fenne und Henrik schon warteten.

Aus den geheimen Lebenserinnerungen der Alten Wöhr
Teil XII

Es waren Leute wie Fulvia, die mich während meiner Tätigkeit als Koordinatorin der Zeitenläufer immer wieder in Erstaunen versetzten. Jahrelang hatte sie nichts als persönlichen Reichtum und Luxus im Sinn. Und nie in all den Jahren hatte sie Skrupel, Sklaven auspeitschen zu lassen, wenn sie auch nur das kleinste Härchen in der Suppe fand. Sie schien einfach nicht darüber nachgedacht zu haben, wie sich die Peitsche anfühlte. Ebenso hatte sie wohl nie darüber nachgedacht, woher ihr Freund Curius, der nicht gerade eine besondere Stellung in Rom hatte, das viele Geld bekam, dass sie und er für ihren ausschweifenden Lebenswandel brauchten.
Erst als meine tapferen Zeitenläufer sie mit der Nase darauf stießen, dass sie drauf und dran war, in eine Reihe von Verbrechen großen Stils hineingezogen zu werden, begann sie endlich nachzudenken. Niemals hätte ich das einer Frau wie dieser Fulvia zugetraut, die sich mehr für die Pflege ihrer Haare und ihre Garderobe interessierte als für das Wohl irgendeines Menschen, der nicht »Fulvia« hieß.
Aber man soll nie ein endgültiges Urteil über einen Menschen fällen. Denn jeder Mensch ist jederzeit in der Lage, sich ganz und gar anders zu verhalten, als man es je von ihm erwartet hätte.

13. Kapitel

Was sollen wir hier? Wir müssen zum Haus von Catilina!«, schimpfte Henrik.

»Quatsch, wir müssen zuerst Cicero warnen, sonst wird der im Morgengrauen gemeuchelt!« Lenz hatte Henrik und Fenne zwar gesagt, was Catilina plante, aber irgendwie schien das bei Henrik nicht so recht angekommen zu sein.

Die vier Zeitenläufer näherten sich dem Haus des Konsuls. Rufus begleitete sie mit seiner Fackel. Er hatte vergeblich versucht, sie davon zu überzeugen, dass es höchste Zeit sei, wieder nach Hause in die Betten zu gehen.

»Oh Mann, Lenz, hast du es noch immer nicht kapiert?« Henrik deutete mit dem Kinn in die Richtung, in der Ciceros Haus stand. »Wir werden nicht vorgelassen! Oder hast du etwa ein Empfehlungsschreiben dabei, das Ciceros Wächter überzeugen wird?«, fragte Henrik schnippisch.

Unter normalen Umständen hätte sich Lenz über Henriks Bemerkung geärgert. Was Henrik aber nicht wusste, war, dass die Umstände nicht normal waren. Lenz grinste genüsslich. »Eine Empfehlung habe ich allerdings!«

Henrik musterte ihn skeptisch. »Ach ja? Dürfte ich diesen Türöffner mal sehen?«

»Der Türöffner bin ich!«, sagte da die schöne Fulvia, die in diesem Augenblick aus einer Seitenstraße zu ihnen trat. »Verlieren wir keine Zeit!«

Henrik stand der Mund offen. Und Lenz war sich nicht ganz sicher, ob er das der Schönheit der Fulvia oder der Überraschung zu verdanken hatte. Fulvia marschierte über die Straße, klopfte an die Tür, die von zwei Wächtern geöffnet wurde.

»Was ist?«, knurrte einer der Männer.

»Sagt Cicero, dass Fulvia ihn in einer dringenden Angelegenheit sprechen muss.«

Der Wächter schüttelte den Kopf. »Der schläft.«

Fulvia nahm Rufus die Fackel aus der Hand, beleuchtete damit ihr eigenes Gesicht und flötete: »Sieh mich genau an, Wache! Und nun hör mir zu: Es könnte sein, dass dein Herr sehr, sehr wütend wird, wenn er morgen früh erfährt, dass du mir, der schönen Fulvia, die Tür vor der Nase zugeschlagen hast.«

Da stieß der zweite Wachposten seinen Kollegen mit dem Ellbogen an und knurrte: »Nun mach schon: Weck den Konsul!«

Keine zwei Minuten später führte die Wache sie alle durch das Atrium in Ciceros Büro: die vier Zeitenläufer, Rufus und die schöne Fulvia.

Sie brauchten nicht lange zu warten, bis sie kräftige

Schritte durch das Atrium eilen hörten. Der dazugehörige Mann hatte eine Stirn, die von Denk- oder Sorgenfalten zerfurcht war. Er blieb im Türrahmen stehen und musterte die merkwürdige Versammlung, die da in seinem Büro stand.

»Bringst du mir deine unehelichen Kinder? Ich will heute Nacht keine Adoption mehr vornehmen, Fulvia!«

Der Hausherr war anscheinend nicht gerade glücklich über den nächtlichen Besuch.

»Diese Kinder, lieber Konsul, retten dir das Leben!«, antwortete Fulvia.

Lenz stand da und kam aus dem Staunen gar nicht mehr heraus. Das war Cicero! Das war der berühmte Redner und Politiker! Der echte, leibhaftige Cicero! Er konnte sich nicht vom Fleck rühren, bis er Fulvias Hand auf seiner Schulter spürte, die ihn sanft nach vorn zum Konsul Cicero schob.

»Zeig ihm, was du aufgeschrieben hast, Laurentius!«

Lenz hielt das Blatt fest, auf dem er die Rede des Catilina mitgeschrieben hatte. Er räusperte sich. »Äh, ach so, ja. Wie es aussieht, will Catilina dich – äh, ähem, also, er will dich…« Lenz fiel vor Aufregung kein besseres Wort dafür ein, darum sagte er schließlich: »Abmurksen.«

Cicero musterte Lenz von oben herab und wusste anscheinend nicht so recht, ob er lachen sollte oder diesen stotternden Knirps ernst nehmen.

»Und er schickt ausgerechnet dich, um mir das zu sagen?«, fragte der Konsul skeptisch.

Da platzte dem ungeduldigen Henrik der Kragen. »Nein, der alte Scaevola hat uns schon vor Tagen geschickt, um dich zu warnen. Aber du wolltest uns ja nicht empfangen!«

Cicero schwieg und murmelte schließlich. »Ach ihr wart das.«

Henrik nahm Lenz das Blatt aus der Hand. »Hier, diese Rede hat Catilina vor weniger als einer Stunde im Haus seines Freundes Curius gehalten.«

»Wir haben noch keine genaue Gästeliste, aber …« Silvester zwinkerte der schönen Fulvia zu. »Ich glaube, es wird kein Problem sein, eine Liste mit allen Männern, die diese Rede gehört haben, zusammenzubekommen.«

Fulvia nickte. »Es waren zweiunddreißig, darunter mehr als ein Senator.«

Ciceros Gesichtszüge versteinerten regelrecht, während er die Rede las, die Lenz mitgeschrieben hatte. »Das ist ein Aufruf zum Umsturz!«, knurrte er. »Wie wurde der von den zweiunddreißig Männern aufgenommen, die diese Rede gehört haben?«

»Mit Begeisterung«, sagte Silvester. »Das war aber auch nicht anders zu erwarten.«

»Willst du damit etwa sagen, dass ich es nicht anders verdient hätte, als gemeuchelt zu werden?«, fuhr Cicero den armen Silvester an.

»Nein, aber …«, brachte Silvester hervor.

»Na also«, unterbrach Cicero ihn. »Dann erzähl mir nichts von ›nicht anders zu erwarten‹!«

»Lass ihn doch mal ausreden!«, ging Henrik dazwischen.

»Scaevola wollte, dass wir dich warnen, weil der Becher des Protagoras aus dem Staatsschatz verschwunden ist.«

Cicero schüttelte verwirrt den Kopf. »Was hat der Becher des Protagoras damit zu tun?«

»Catilina hat ihn.«

Das saß.

Cicero ließ sich auf die Arbeitsliege sinken, die vor der Rückwand des Büros stand, und stützte die hohe Stirn in die Hände.

»Darum hat er Männer von diesem wahnwitzigen Plan überzeugen können!« Er sah plötzlich zu Henrik hoch. »Bist du sicher, dass er den Becher hat?«

Henrik sah herüber zu Lenz. »Lenz, sag was dazu.«

Lenz trat vor, räusperte sich wieder und sagte: »Ja, Herr Cicero. Wir haben einen Test, mit dem wir herausfinden können, ob jemand aus dem Becher getrunken hat oder nicht. Und dieser Test hat ergeben, dass Catilina aus dem Becher getrunken hat. Ferner kann Fulvia bezeugen, dass Curius dem Catilina den Becher gegeben hat.«

Die schöne Römerin nickte.

Cicero starrte auf den Boden und schwieg lange. Schließlich fragte er, ohne den Kopf zu heben. »Wann?«

Lenz sah zu Henrik. Henrik sah achselzuckend zu Fenne, die Silvester anstarrte.

»Äh, wie bitte?«, fragte Silvester.

»Wann werden sie mich ermorden?« Cicero sah hoch.

»Zwei Männer wollen dich beim Morgengruß, äh, erdolchen«, sagte Silvester. Er wandte sich Lenz zu. »Oder wollten die Gift nehmen?«

»Ich glaube, die beiden haben gar nicht gesagt, wie sie es anstellen wollten«, sagte Lenz.

»Ich danke euch«, unterbrach sie Cicero. »Ich werde in jedem Fall Mittel und Wege finden, mich zu wehren.« Er stand auf. »Ihr braucht Schutz!«

Fenne schüttelte den Kopf. »Wir können auf uns selbst aufpassen, alles andere wäre viel zu auffällig.«

Cicero zog die Augenbrauen hoch. »Ich bewundere deinen Mut, Mädchen! Aber der wird dir nichts nützen, wenn Catilinas Männer hinter euch her sind. Catilina schreckt vor nichts zurück. Ihr wärt bestimmt nicht die ersten Kinder, denen er aus Wut, Rachsucht oder Habgier die Köpfe abschlägt. Außerdem ist er ein verschlagener, hinterlistiger Mann. Es würde mich nicht wundern, wenn ihr seinen Leuten längst aufgefallen seid.«

»Aber uns ist niemand gefolgt!«, hielt Fenne dagegen.

Cicero hob mahnend den Zeigefinger. »Du meinst: Ihr habt niemanden bemerkt, der euch gefolgt sein könnte. Das heißt aber noch lange nicht, dass da niemand war.« Der Konsul rief eine Wache herbei. »Weck den Gaius Cornelius!« Die Wache verschwand sofort wieder. »Ich bestehe darauf, dass ihr wenigstens diesen einen Mann mitnehmt.« Der Konsul Cicero musterte Rufus, der am Türeingang stand. »Zusammen mit eurem Sklaven kann er hoffentlich das Schlimmste verhindern.«

Fenne wollte noch einmal widersprechen, aber Cicero sah sie nur streng an. Das genügte, um sogar Fenne verstummen zu lassen.

Aus den geheimen Lebenserinnerungen der Alten Wöhr
Teil XIII

Zweifellos fühlte sich Fenne damals sicherer, als Gaius Cornelius Urbanus, ein regelrechter Hüne, sie durch das nächtliche Rom begleitete. Wie Fenne mir später berichtete, hatte sie allerdings doch Zweifel, ob sie diesem Mann, der nun ständig an ihrer Seite sein würde, vertrauen konnten. Und dass sie so einem Mann ihre wahre Herkunft verschweigen mussten, das war für Fenne ohnehin ausgemacht. Denn wer die Zeitenläufer längere Zeit beobachtete, der musste irgendwann Verdacht schöpfen. Fenne, Lenz und Henrik hatten zwar von Cornelia und Silvester so manche Unterweisung in den Sitten und Gebräuchen des alten Rom bekommen, aber zwei Stunden theoretischer Benimm-Unterricht genügten nicht, um aus einem Mädchen aus meiner Zeit und zwei Jungs aus der fernen Zukunft perfekte Römerkinder zu machen. Fennes größte Angst war daher, dass Cornelius ihrem größten Geheimnis auf die Schliche kommen könnte: dem Geheimnis der Zeitreisen.

14. Kapitel

Da drüben!«

»Zurück! Zurück! Licht aus!«

Es ging alles rasend schnell.

Die Zeitenläufer hatten das Haus von Silvesters Eltern fast erreicht, als sie überfallen wurden. Die Männer kamen über die Dächer und aus den Seitenstraßen. Cornelius drängte die vier in eine angrenzende Sackgasse und Rufus löschte die Fackel. Aber es war schon zu spät.

»Hier drüben!«, hörte Lenz einen der Männer rufen. Plötzlich leuchtete eine Fackel auf und das Klirren von aufeinanderprallenden Schwertern war zu hören. Lenz zog den Kopf ein, während Fenne, Henrik und Silvester ziemlich gespannt zusahen, wie Cornelius und Rufus sie gegen die vier Männer verteidigten.

Cornelius war ein geschickter und kräftiger Kämpfer. Den ersten Angreifer hatte er mit zwei Schwerthieben zurückgedrängt, dem zweiten schlug er die Waffe aus der Hand, die er direkt an Rufus weitergab.

»Ich hoffe, du kannst damit umgehen, Sklave!«, hörte Lenz Cornelius sagen.

Aber Rufus hatte offensichtlich auch nicht das erste Mal in seinem Leben ein Schwert in der Hand. Die beiden Männer hielten sich gegenseitig den Rücken frei und hatten die vier Angreifer bald in die Flucht geschlagen.

»Jetzt aber nichts wie weg hier!«, sagte Cornelius. »Die holen garantiert Verstärkung!«

»Wir gehen lieber hintenrum.« Rufus betrachtete das Schwert in seiner Hand und schien zu überlegen, ob er es behalten sollte. Aber dann legte er es doch zögernd auf die Straße.

Sie liefen aus der Gasse, bogen in eine zweite Straße ein und Lenz hatte schon bald keine Ahnung mehr, wo sie waren, als Rufus plötzlich vor einer schmalen Holztür stehen blieb, die er mit dem Fuß aufstieß. »Da sind wir.«

Die vier Kinder bedankten sich bei Cornelius und wünschten ihm eine gute Nacht.

Aber der große Römer lächelte nur sanft. »Ich werde in der Nähe bleiben.«

Lenz beruhigte das irgendwie nicht so recht. Denn wenn Cornelius es nötig fand, das Haus zu bewachen, dann waren sie anscheinend noch immer in Gefahr. Er lief hinter Fenne durch die Tür.

Es war der Garten von Silvesters Eltern, in dem sie landeten. Auch der breitschultrige Rufus folgte ihnen durch den schmalen Seiteneingang, den der Sklave anschließend von innen verrammelte.

Sie schlichen sich in ihre Zimmer. Als Lenz endlich im Bett lag, graute schon der Morgen. Er war todmüde, aber statt in einen tiefen Schlaf zu sinken, klappten seine Augenlider immer wieder wie von alleine auf. Was, wenn die Männer sie doch verfolgt hatten? Möglicherweise war die Verstärkung schon auf dem Weg und zündete das Haus von Silvesters Eltern einfach an! Dagegen würde selbst ein Mann wie Cornelius nichts ausrichten können.

Lenz drehte sich um und warf einen Blick auf das zweite Bett im Zimmer. Henrik lag auf dem Rücken und starrte an die Decke.

»Es tut mir leid, Lenz«, sagte Henrik nach einiger Zeit, ohne den Blick von der Decke zu wenden.

»Was tut dir leid?«

»So ziemlich alles, was ich heute gemacht habe – oder sagen wir, die Hälfte von dem, was ich gemacht habe.«

Lenz schwieg.

»Erstens tut es mir leid, dass ich dich heute dauernd angemeckert habe«, sagte Henrik. »Und dass ich mich über deine Ohren lustig gemacht habe …«

Lenz schluckte. Henrik entschuldigte sich für sein Benehmen, das hatte er bisher noch nie erlebt. Lenz hätte kaum erwartet, dass der Strahlemann und Superheld überhaupt bemerkte, wie viel es ihm ausmachte, wenn Henrik über ihn stöhnte, schimpfte oder lachte.

»Ich bin einfach zu ungeduldig«, fuhr Henrik fort. »Das ist aber mein Problem und das werde ich in Zukunft nicht mehr an dir auslassen.«

Lenz schwieg.

»Sag was«, sagte Henrik.

»Falls das eine Entschuldigung war, dann nehme ich sie an«, sagte Lenz.

Henrik atmete hörbar auf. »Das heißt, wir bleiben Freunde?«

Lenz merkte, dass er knallrote Ohren bekam. Henrik Arnheim, der Superheld der Schule, wollte sein Freund sein?

»Na logisch«, versuchte Lenz so lässig zu sagen, wie es Henrik selbst immer tat.

Henrik sah zu ihm herüber. »Und das, obwohl ich uns heute in so große Gefahr gebracht habe?«

»Du?«, fragte Lenz. »Wieso du?«

Henrik starrte wieder an die Zimmerdecke. »Die Männer, die uns überfallen haben, habe ich wiedererkannt. Zwei von ihnen waren im Haus von Curius – in der Nähe der Sänfte, aber ich habe sie für Gärtner gehalten. Außerdem war ich viel zu scharf drauf, den Becher zu finden.« Henrik schnaufte schwer. »Das war leichtsinnig.« Er ballte die Fäuste. »Um ein Haar hätten sie uns erwischt! Nur weil ich unbedingt …«

»Vergiss es einfach«, unterbracht Lenz. »Wenn du dir selbst Vorwürfe machst, bringt das doch auch nichts! Die Frage ist, was wir jetzt machen.«

»Solange Catilina den Becher hat, sind wir noch nicht aus dem Schneider.« Henrik setzte sich im Bett auf. »Wenn der Kerl aus dem Zauberbecher trinkt und dann vor dem Senat eine große Rede hält, in der er vorschlägt, dass die Senatoren den Cicero erdolchen und die Stadt anzünden sollen, dann machen sie das, fürchte ich.« Henrik schlug mit der flachen Hand auf die Bettdecke.

»Wir müssen endlich in das Haus von diesem Catilina!«, sagte Fenne. »Irgendwo muss der Kerl den Becher ja versteckt haben.«

»Und dann? Was wird aus Silvester, wenn wir den Becher einfach klauen?«, fragte Lenz. »Schließlich haben unsere Verfolger ihn gesehen, und er muss auf Dauer ja hier in Rom mit seiner Familie leben können, ohne Catilinas Rache fürchten zu müssen.«

Henrik schwieg.

»Was ist?«, fragte Lenz. »Hast du da noch nicht drüber nachgedacht?«

»Ich fange gerade an, darüber nachzudenken«, antwortete Henrik. Er ließ sich zurück auf das Lager sinken und starrte wieder die Decke an.

»Wie sollen wir etwas stehlen, ohne dass es derjenige merkt, dem wir es stehlen?«, fragte Henrik nach einer Weile.

Heimlich, dachte Lenz. Klau es heimlich.

»Das geht gar nicht«, sagte Henrik, mehr zu sich selbst als zu Lenz.

Lenz gähnte. Das geht nur, wenn derjenige glaubt, er hätte das noch, was man ihm in Wahrheit geklaut hat, dachte Lenz noch. Die Augen fielen ihm einfach zu.

Eine Kopie des Bechers, dachte Lenz schlaftrunken. Man müsste den echten Becher des Protagoras durch eine Kopie ersetzen.

Lenz hatte das Gefühl, dass das ein verflixt guter Gedanke war, aber ehe er ihn seinem Freund mitteilen konnte, war er schon eingeschlafen.

Aus den geheimen Lebenserinnerungen der Alten Wöhr Teil XIV

Wie oft schon habe ich von großartigen Rezepturen für Wundersalben und Tinkturen aller Art geträumt! Noch im Traum habe ich gedacht, dass ich mir die Rezeptur merken könnte, aber wenn ich aufwachte, wusste ich zwar noch, dass ich mir irgendetwas hatte merken wollen, aber was es war, das wusste ich nicht mehr. Irgendwann ging ich dazu über, mir die Dinge, die ich träumte, aufzuschreiben, sobald ich aufwachte – aber die meisten geträumten Rezepturen sind barer Unsinn.

Was uns im Traum oder Halbschlaf als eine geniale Lösung erscheint, stellt sich, bei Tageslicht betrachtet, häufig als unpraktisch, umständlich oder sogar als kompletter Unsinn heraus. Manchmal aber auch nicht.

15. Kapitel

Es gibt viele nützliche Dinge, die die Römer sich ausgedacht haben. – Wasserleitungen, Beton und Libellenschwanz-Soße zum Beispiel. – Eines aber hatten die Römer nicht erfunden: das Frühstück. Jedenfalls hatte zumindest die Familie von Silvester und Cornelia keinen blassen Schimmer vom Frühstücken. Die Eltern von Silvester legten sich morgens noch nicht mal zu Tisch. Sie knabberten an einem Kanten Brot mit Käse, schlürften dazu einen Becher Wasser und schon begann der Tag. Von Müsli mit Obst und allerlei Getreideflocken, Brötchen mit Schokocreme oder Marmelade, Rührei mit Schinken und dem ganzen Zauber, der nach Lenz' Meinung zu einer Mahlzeit gehörte, die den Namen »Frühstück« verdiente, ganz zu schweigen.

Lenz war am Morgen nach der ziemlich schlaflosen Nacht noch recht flau im Magen, als er das Wasser trank. Selbst Fenne, die, was das Essen anging, einiges gewohnt war, fragte Silvester, ob sie nicht ein bisschen Milch oder eine von den Datteln zum Käsebrot bekommen könnten.

Silvester sagte in der Küche Bescheid und so saßen die

vier schon bald im Garten und tunkten ihr Brot in die Milchschalen und aßen nicht nur Datteln, sondern auch ein paar sehr süße, klebrige und frische Feigen.

Lenz hatte das Gefühl, als hätte er etwas extrem Wichtiges vergessen. Aber er wusste nicht, was es war. Er hatte nur so ein Gefühl.

»Spätestens morgen muss Cornelia wieder nach Hause kommen«, sagte Silvester. »Sie ist nie länger als drei Nächte außer Haus. Länger erlauben meine Eltern ihr das nicht.«

Henrik schlürfte seine Milch. »Das ist kein Problem. Schließlich haben wir ja Fulvia.«

Fenne war sehr schweigsam. Sie und Henrik sahen so aus, als hätten sie überhaupt nicht geschlafen.

»Und morgen ist schon die nächste Sitzung des Senats in der Kurie«, fügte Silvester hinzu. »Bis dahin müssen wir den Becher beschaffen.«

Henrik schlug sich mit der Faust auf den Oberschenkel. »Es muss doch möglich sein, diesen verdammten Mistkerl aufzuhalten!«

»Warum brechen wir nicht endlich in sein Haus ein und holen uns den Becher?«, fragte Silvester.

Henrik und Lenz sahen sich an. Sie konnten den Becher nicht stehlen, weil Catilinas Leute ihnen aufgelauert hatten. Catilina würde bestimmt die Kinder verdächtigen und seine Männer würden früher oder später herausfinden, wo Silvester und Cornelia wohnten.

Das aber hieß: Wenn sie den Becher einfach aus Catilinas Haus stahlen, würden sie somit zwar Cicero aus der Gefahrenzone befreien, aber um den Preis, dass Silvester – vermutlich mitsamt seinen Eltern und seiner Schwester – dem Zorn des Catilina ausgesetzt wäre. Und dieser Preis war zu hoch.

»Was ist?«, fragte Silvester, dem dieses Problem offenbar noch gar nicht aufgefallen war.

»Catilina darf nicht bemerken, dass wir den Becher geklaut haben«, sagte Lenz.

»Und wie sollen wir das anstellen?«, fragte Fenne.

Da endlich erinnerte sich Lenz an das, was die ganze Zeit in seinem Hinterkopf herumgespukt hatte.

»Natürlich! Eine Kopie!« Er zwinkerte Henrik zu. Aber der verstand nichts und starrte in seine Milchschale. Fenne saß auf einer Bank und zog eine Augenbraue hoch. Und Silvester guckte auch ziemlich verdattert aus der Wäsche. »Versteht ihr nicht? Wir stehlen den Becher, tauschen ihn aber durch eine Kopie aus! Dann vermisst Catilina den Becher nicht und wird uns deshalb auch nicht verfolgen! Aber in Wahrheit wird er den Becher nicht mehr haben, sondern nur eine Kopie, die keine Zauberkraft besitzt.«

Fenne nickte. »Das klingt gut. Das klingt sehr gut.«

»Aber wir wissen nicht, wie der Becher aussieht«, gab Henrik zu bedenken. »Wir wissen nur, dass er aus Ton ist und ein Pi auf der Unterseite eingeritzt ist.«

»Hast du den Becher nicht schon mal in der Hand gehabt?« Lenz sah hinüber zu Silvester.

Aber der römische Junge schüttelte den Kopf. »Tut mir leid.«

»Sallust!« Fenne sprang plötzlich auf. »Sallust weiß, wie der Becher aussieht! Und er hat uns seine Hilfe versprochen!« Sie sah die Jungs an. »Worauf wartet ihr noch! Das Frühstück ist zu Ende!«

Der Quästor Sallust war nicht gerade begeistert, als er die Kinder mal wieder im Tempel herumspazieren sah. Aber er versprach ihnen, so schnell wie möglich eine exakte Kopie des Bechers anfertigen zu lassen. Und tatsächlich wurde schon am frühen Nachmittag ein Paket von einem Boten zum Haus von Silvesters Eltern gebracht. Dieses Paket enthielt einen schlichten Becher aus Ton, auf dessen Unterseite der griechische Buchstabe Pi eingeritzt war.

Henrik nahm den Becher in die Hand. »Die Idee, den Becher zu kopieren, ist genial, Lenz! Sie hat nur einen Haken.« Henrik hatte es sich mal wieder nicht verkneifen können, seine Sonnebrille aufzusetzen.

»Und der wäre?«, fragte Fenne.

»Sie ist nicht von mir.« Henrik grinste breit.

Fenne verdrehte die Augen. Typisch Henrik! Kaum sahen sie wieder ein bisschen Land, klopfte Herr Arnheim natürlich gleich wieder dicke Sprüche.

Aber Lenz nahm seinem Freund die gute Laune nicht übel.

Die Freunde schickten Rufus, der sich als sein Zwillingsbruder ausgab, ins Haus des Curius, damit er Fulvia und Cornelia die Nachricht überbrachte, dass sie irgendwie herausfinden mussten, wo Catilina den Becher versteckt hatte.

Die Antwort ließ nicht lange auf sich warten. Rufus brachte sie gleich mit: »Fulvia und Curius sind heute Abend bei Catilina eingeladen. Fulvia wird euch den Rücken frei halten«, sagte Rufus. »Catilina hat angeblich nur noch einen einzigen Sklaven bei sich im Haus und der ist taub.«

»Und was machen wir bis heute Abend?«, fragte Henrik.

»Wie wär's mit Schlafen?«, schlug Lenz vor.

Aber als Henrik sagte: »Oh Mann, Lenz! Wenn heute Abend alles glattgeht, sind wir morgen früh schon wieder zurück im einundzwanzigsten Jahrhundert! Wir haben jetzt noch ungefähr drei Stunden Zeit, uns das antike Rom anzuschauen, und du willst schlafen?«, verwarf Lenz diesen Gedanken wieder.

Auch Fenne dachte gar nicht daran, sich auszuruhen. Sie war genauso tatendurstig wie Henrik und bat Silvester, ihnen die Stadt zu zeigen. »Vor allem das Kolosseum.«

»Das was?«, fragte Silvester.

»Na dieses riesige Amphitheater!«, antwortete Fenne.

Lenz massierte sein Ohrläppchen. »Äh, ich fürchte, das ist noch nicht gebaut worden, Fenne.«

»Na, dann soll uns Silvester eben den Teil von Rom zeigen, den es schon gibt! Wir müssen nur diesen Aufpasser Cornelius loswerden, ich will nämlich in aller Ruhe Fragen stellen dürfen, ohne dauernd Angst zu haben, dass ich meine wahre Herkunft verrate.«

Fenne stand auf und marschierte, gefolgt von den Jungs, aus dem Haus, um endlich das antike Rom zu besichtigen.

Aus den geheimen Lebenserinnerungen der Alten Wöhr Teil XV

Im Rückblick betrachtet, mussten Fenne, Lenz, Henrik und Silvester natürlich zugeben, dass sie besser daran getan hätten, den Schlaf, den sie versäumt hatten, nachzuholen. Stattdessen besichtigten die vier die Stadt. Andererseits hätten sie vermutlich sowieso kein Auge zugetan, wenn sie auch nur ansatzweise geahnt hätten, was ihnen noch alles bevorstand.

So aber spazierten die vier durch Rom, sahen sich den Circus Maximus an. Sie kletterten auf das Kapitol und den Palatin, die zwei zentralen Hügel Roms. Und sie sahen auch die sogenannten Insulae, die hohen Miethäuser, in denen die meisten Römer wohnten. Sosehr ich ihren begeisterten Erzählungen später anhörte, wie maßlos sie das genossen hatten, so wenig konnte ich verhehlen, wie sehr mich Fennes Gedankenlosigkeit in dieser kritischen Sitation enttäuscht hatte. Nach allem, was sie in der Nacht zuvor erlebt hatten, hätten sie sich mehr um ihre Sicherheit kümmern müssen. Cornelius abzuhängen, war ein Kinderspiel für sie – aber vernünftig war es nicht. Zumindest aber hätten sie darauf achten sollen, ob sie beobachtet oder verfolgt wurden.

Aber sie unterließen es. Und die Quittung für diese Nachlässigkeit ließ nicht lange auf sich warten.

16. Kapitel

Es war ein milder Abend. Die Grillen zirpten und die ganze Stadt schien einen Moment lang innezuhalten. Während die Dämmerung über Rom hereinbrach, strahlten die Häuser die Wärme, die sie den Tag über gespeichert hatten, in die Straßen ab. Zum Haus von Catilina war es nicht weit. Sie hatten es schon fast erreicht, als Fenne plötzlich stehen blieb.

»Wir werden verfolgt, Leute!«, flüsterte sie.

Silvester, Henrik, Lenz und auch der breitschultrige Rufus sahen sich um. Aber auf der Gasse war niemand.

»Da drüben im Hauseingang!«, flüsterte Fenne. »Er folgt uns schon seit dem kleinen Platz mit dem Fischbrunnen.«

»Geht weiter«, murmelte Rufus. »Geht weiter, und tut so, als hättet ihr ihn nicht bemerkt.«

Sie setzten sich wieder in Bewegung und liefen die Straße entlang.

»Ich weiß, wie wir ihn loswerden«, sagte Silvester leise im Weitergehen. »Wir trennen uns. Rufus, du kehrst vorne an der Kreuzung um und hältst ihn kurz auf. Lenz und Fenne, ihr biegt an der Kreuzung rechts ab, das erste Haus auf der linken Seite ist das Haus von Catilina. Es ist ziemlich runtergekommen. Fulvia wird schon irgendwie dafür sorgen, dass ihr reinkommt. Henrik, wir biegen da vorne links ab, rennen, was das Zeug hält, und kommen ein bisschen später zu Catilinas Haus.«

Rufus war nicht ganz mit diesem Plan einverstanden. Das konnte Lenz seinem besorgten Gesicht deutlich ansehen. Aber Silvester fragte den Sklaven nicht nach seiner Meinung, sondern rannte mit Henrik einfach los. Auch Lenz und Fenne verdrückten sich. Sie bogen rechts ab und gelangten schon nach wenigen Metern vor die Tür des Hauses, das dem Catilina gehören musste. Aber sie war verschlossen. Links und rechts von diesem Hauseingang lagen zwei verlassene Ladenlokale. Die Türen fehlten in den Angeln, die ehemaligen Verkaufstische waren umgestoßen. Es roch unangenehm.

»Da drüben!« Fenne deutete auf ein rotes Band. Es lag auf der Türschwelle des rechten Ladenlokals. Und das war kein Zufall: Jemand hatte einen Stein darauf gelegt, damit der Wind es nicht wegwehte. Sie rannten in den verfallenen Laden.

»Runter!«, zischte Fenne.

Sie duckten sich unter die offenen Fenster ohne Scheibe und hörten einen Mann über das Pflaster an ihnen vorüberrennen.

Lenz sah sich um. Der Laden war verdreckt und heruntergekommen. Hier wohnten bestimmt nur noch streunende Hunde und jede Menge Ratten, falls es die in Rom gab. Die Rückwand des Ladens hatte eine hölzerne Tür. Das war ungewöhnlich, denn die meisten Läden dieser Größe bestanden einfach aus einem einzigen Raum, der zwar an das Haus angebaut, mit diesem aber nicht durch eine Tür verbunden war. An der Türklinke hing noch ein rotes Band!

Lenz stieß Fenne an und deutete darauf. Diese roten Bänder hatte Lenz sofort wiedererkannt: Damit hielt die schöne Fulvia ihre Frisuren zusammen. Fenne sah das zweite Band, nickte, hielt aber Lenz zurück, als dieser zu der Tür rübergehen wollte. Sie lugte vorsichtig aus dem Fenster, zog aber sofort wieder den Kopf ein und flüsterte: »Er steht noch an der Ecke und hält nach uns Ausschau!«

Sie warteten. Lenz kam es wie eine Ewigkeit vor. Wenn dieser dämliche Typ nicht bald verschwand, würde die beste Möglichkeit, Catilina den Becher zu stehlen, ungenutzt verstreichen. Ewig würden Curius und Fulvia nicht bei Catilina zu Gast sein. Zudem bestand die Gefahr, dass Silvester und Henrik dem Kerl jeden Augenblick in die Arme liefen. Aber sooft Fenne auch aus dem Fenster sah, der Mann lief vor dem Haus des Catilina auf und ab, beobachtete die Straße und dachte gar nicht daran, sich zu verkrümeln.

Schließlich schnappte sich Fenne eine der vielen Tonscherben, die auf dem Boden herumlagen. Sie guckte noch einmal aus dem Fenster, holte aus und warf die Scherbe die Straße hinunter. Während die Scherbe unten auf die Straße krachte und ihren Verfolger ablenkte, zischte Fenne: »Los!«

Sie rannten durch den verlassenen Laden auf die Tür mit dem roten Band zu. Die Tür war nur angelehnt. Sie schlüpften hindurch und lehnten sie wieder nur an. Sie gelangten in einen leeren Raum, der an ein Atrium grenzte.

»Pssst, hier bin ich!«, hörte Lenz Cornelias Stimme aus der Dämmerung. Sie trat rechts von ihnen aus dem Schatten. Es war Lenz ein absolutes Rätsel, wie Cornelia das immer machte: Sie schien regelrecht unsichtbar werden zu können.

»Dieser Catilina hat die größte Macke und die größte Villa, die ich je gesehen habe!«, flüsterte sie. »Der Kerl hat sich ein eigenes Bad einbauen lassen und hat ein Reiterstandbild von sich selbst im Garten stehen! Der spinnt von vorne bis hinten, wenn ihr mich fragt!« Cornelia deutete mit dem Kinn zum hinteren Teil des Hauses. »Vier verschiedene Speisezimmer hat er! Damit ihn die Sonne zu keiner Jahreszeit blendet und er trotzdem immer einen freien Blick auf sein eigenes Standbild hat!«

»Wo ist er?«, flüsterte Fenne.

»Catilina? Um den müssen wir uns keine Sorgen machen: Der sitzt mit Curius und Fulvia in einem seiner Speisezimmer und verschlingt alles, was die beiden mitgebracht haben. Er ist dermaßen pleite, dass ihm selbst die Geldverleiher nichts mehr geben wollen! Aber auf die Libellenschwanzsuppe will er natürlich trotzdem nicht verzichten. Deshalb haben Curius und Fulvia eine Art Picknick mitgebracht.«

»Oh Mann, es wird Zeit, dass die Spaghetti erfunden werden«, murmelte Lenz.

»Die was?«, fragte Cornelia.

»Ich erklär's dir später«, flüsterte Lenz. »Wo ist der Becher?«

Cornelia seufzte. »Keine Ahnung. Hier unten ist er jedenfalls nicht. Ich hab alles durchsucht.«

»Auch die Speisekammer und das Privatbad?«, fragte Fenne.

Lenz sah im Dämmerlicht, dass Cornelia verlegen zu Boden sah. »Nein, die habe ich tatsächlich vergessen.«

Die Tür zum Laden, vor der sie noch immer standen, bewegte sich. Cornelia, Lenz und Fenne versteckten sich vorsichtshalber in einer Nische. Aber es waren nur Silvester und Henrik, die den Raum betraten.

»Ist der Wächter weg?«, fragte Fenne.

Silvester und Henrik schüttelten die Köpfe.

»Hat er euch gesehen?«, fragte Fenne besorgt.

»Keine Ahnung«, sagte Henrik. »Es ist wohl sicherer, wenn wir uns beeilen!«

»Wisst ihr schon, wo er den Becher versteckt hält?«, fragte Silvester.

Cornelia schüttelte den Kopf.

»Okay, fangen wir in der Speisekammer an, dann versuchen wir es in seinem Bad«, sagte Silvester.

Lenz kapierte gar nichts mehr. »Wieso seid ihr alle so sicher, dass er den Becher in der Speisekammer oder in seinem Badezimmer versteckt hat?«

Silvester zuckte nur mit den Schultern und sagte: »Machen das nicht alle so?«

Lenz wiegte den Kopf hin und her. Er versteckte

seine geheimen Sachen eher unter der Matratze oder im Schreibtisch. Er wusste gar nicht genau, wie er im winzigen Badezimmer seiner Eltern in der Kettengasse überhaupt etwas hätte verstecken sollte. Aber vielleicht sah Catilinas Badezimmer ja etwas geräumiger aus.

Das Haus hatte etwas Gespenstisches: Es war eine riesige, verfallene Villa. Überall standen Skulpturen, einige Böden waren mit Mosaiken verziert, aber alle Räume waren menschenleer und von einer kräftigen Schicht aus Staub und Dreck überzogen.

Lenz verstand diesen Catilina nicht – warum verkaufte er nicht einfach sein Haus? Von dem Geld hätte er sich bestimmt eine ordentliche Wohnung in den Mietshäusern unten in der Stadt nehmen können. Aber das kam für so einen Mann vermutlich nicht infrage.

Die Freunde schlichen bis in die Küche. Plötzlich hob Fenne die Hand. Sie blieben alle mucksmäuschenstill stehen. Über ihnen hörten sie den schleppenden Schritt des letzten Sklaven durch das Obergeschoss schlurfen. Lenz zitterte. Zu wem auch immer diese schweren Schritte gehörten – von dem dazugehörigen Kerl wollte er sich nicht erwischen lassen. Von Catilina und Curius ganz zu schweigen. Die Speisekammer war leer.

»Wir müssen ins Bad!«, flüsterte Silvester.

»Das liegt aber auf der Rückseite des Gartens!«, gab Cornelia zu bedenken.

Und im Garten lagen Fulvia, Curius und Catilina zu Tisch und speisten und tranken. Ihre Stimmen schallten durch das verlassene Haus.

»Egal!«, flüsterte Henrik. »Wir müssen da hin!«

Sie näherte sich dem Garten. Der glich dem, den Lenz von Silvesters Eltern kannte. Allerdings war er fast doppelt so groß! Zwei Springbrunnen plätscherten vor sich hin. Und dazwischen ragte tatsächlich ein Reiterstandbild von Catilina in den Abendhimmel! Wie konnte man nur so selbstverliebt sein? Lenz musste sich beherrschen, um nicht loszuprusten.

Unter dem Standbild lagen Catilina, Curius und Fulvia auf drei Liegen. Sie hatten Fackeln um sich herum in den Rasen gesteckt, die den Garten im Dämmerlicht zusätzlich erhellten.

Das Standbild erinnerte Lenz an jene, die er von Marktplätzen kannte – nur dass dieses eben in einem Garten stand. Er stellte sich vor, was seine Eltern wohl sagen würden, wenn Lenz ein Standbild von sich selbst auf seinem Fahrrad in ihren winzigen Garten in Köln stellen würde. Und als er sich vorstellte, wie albern das aussähe, wenn er, Lenz Jacobi, in Marmor gehauen, in dem zu klein geratenen Garten stünde, konnte er sein Glucksen nicht mehr unterdrücken.

Er bekam von Henrik sofort einen kräftigen Hieb in die Rippen und hörte auf zu lachen. Aber es war schon zu spät.

»Wer da? Sklave bist du das?«, rief Catilina in die Dämmerung. »Bring uns Wein, Sklave! Bring uns mehr Wein!«

Als der Sklave nicht antwortete, erhob sich Catilina von seiner Liege.

»Lenz, du bist ein Vollidiot!«, knurrte Henrik. »Los!«

Und dann rannten sie. Sie rannten, durch die Säulenhalle, bogen dann nach links ab und entwischten durch einen Eingang in einen weiteren Hof.

»Das Bad ist hinter dem Grabmal!«, keuchte Cornelia.

»Hinter dem Grabmal?«, fragte Silvester. »Und wie kriegen wir das da weg?« Eine große Säule, auf der das Leben und die Heldentaten des Catilina dargestellt waren, stand unmittelbar vor dem angrenzenden Gebäude.

»Es lässt sich öffnen wie eine Tür. Catilina ist wahnsinnig stolz auf diese Konstruktion«, sagte Cornelia. Sie rannte zum Grabmal und stemmte sich dagegen. »Er hat damit vor Curius und Fulvia jedenfalls angegeben wie ein Irrer.«

Die Säule bewegte sich keinen Zentimeter vom Fleck.

»Vielleicht ist es eine Schiebetür«, sagte Henrik und drückte von der rechten Seite gegen die Säule. Da bewegte sie sich ein Stück. Als die Kinder sich mit aller Kraft dagegenstemmten, glitt die Säule nach links und gab den Weg zum halb verfallenen Bad des Catilina frei.

»Lenz, hast du zufällig meine Taschenlampe mitgenommen?«, fragte Henrik.

»Nein, die haben wir im einundzwanzigsten Jahrhundert liegen lassen«, nuschelte Lenz.

Sie hörten den wütenden Catilina durch den Garten rennen. Inzwischen hatte er auch seinen Sklaven gefunden und bemerkt, dass Eindringlinge in seinem Haus sein mussten.

Lenz hörte Fulvias Stimme, die versuchte, den rasenden Catilina zu beruhigen, aber es war zwecklos. Und das alles nur, weil er im falschen Augenblick gekichert hatte! Hätte er doch wenigstens Henriks Taschenlampe mitgenommen, als sie ins Zeitloch gestiegen waren. Die hätten sie im dunklen Bad, das in der abendlichen Dämmerung nur spärlich erhellt wurde, gut gebrauchen können.

So einen Volltrottel wie mich schickt die Alte Wöhr garantiert nie wieder auf eine Zeitreise, dachte Lenz.

Catilinas Bad hatte nichts mit einem Badezimmer, wie Lenz es kannte, zu tun. Es glich eher einer Badeanstalt mit seinen zwei Räumen für Dämpfbäder wie in einer Sauna, einem Massageraum und einem richtigen Schwimmbecken.

»Wenn er den Becher nah am Wasser versteckt hat, muss er irgendwo hier sein«, sagte Silvester, und seine Stimme hallte in den hohen Räumen wider.

Lenz ärgerte sich so sehr über sich selbst, dass er nicht mehr darauf achtete, wo er hinlief. Er spazierte durch einen der Saunaräume und stolperte prompt über eine hochstehende Kachel.

»Autsch!«, entfuhr es ihm. Und dieser Schrei war garantiert bis in den Garten zu hören. »Sorry, tut mir leid, Leute«, flüsterte Lenz sofort.

Aber dann sagte keiner mehr was. Denn Lenz war nicht über irgendeine lockere Kachel gestolpert. Nachdem er sie mit seinem Fuß verschoben hatte, wurde sichtbar, was sich darunter verbarg: ein Hohlraum!

»In den Raum zwischen Fußboden und Fundament wird normalerweise heißer Rauch geleitet, um das Bad zu heizen«, erklärte Silvester. »Aber das klappt natürlich nur, wenn der Fußboden unter den Kacheln dicht ist. Sonst würde ja der ganze Qualm ins Bad ziehen.«

»Catilina benutzt sein Bad aber schon lange nicht mehr«, sagte Cornelia. »Fulvia hat sich sogar darüber lustig gemacht, dass Catilina sich noch nicht mal eine Wanne voll Wasser leisten kann.«

Henrik bückte sich, schob die Kachel beiseite, griff in das Loch und zog einen Gegenstand hervor. Die schwache Beleuchtung des Bades reichte immerhin aus, um zu erkennen, was Henrik da in der Hand hielt: Es war ein schlichter Becher aus Ton. Er warf zur Sicherheit noch einen Blick auf die Unterseite, nickte, zog die Kopie des Bechers, die sie von Sallust bekommen hatten, aus seiner Tunika und stellte sie in dem Hohlraum.

Silvester deckte die Kachel wieder darüber, während Henrik den Becher des Protagoras Fenne reichte.

»Lenz, du bist ein Genie! Aber versuch bitte für den Rest des Abends, nicht mehr so einen Krach zu machen«, sagte Henrik.

Und Silvester knurrte: »Bloß weg hier!«

Sie rannten durch das Bad auf den Grabsäulen-Ausgang zu. Aber als sie diese merkwürdige Tür fast erreicht hatten, versperrte ihnen plötzlich ein Mann den Weg.

Der Mann war groß, breit und zornig – es war Catilina! Er hielt einen Dolch in der rechten Hand, stemmte die gewaltige Linke in seine Hüfte und rief: »Ihr Rotzlöffel wollt mein Bad besichtigen? Das könnt ihr haben! Und zwar für die nächsten zweitausend Jahre!« Ohne den Blick von den fünf Kindern zu lassen, rief er: »Schließ die Tür, Sklave!«

Lenz sah den Hausherrn noch hämisch grinsen, während sich die große Säule vor den Türrahmen schob.

»Verriegeln! Morgen früh hole ich noch etwas aus dem Bad und dann wird es zugemauert!«, hörte Lenz den Catilina draußen vor dem Grabmal kommandieren. Dann wurde es still. Grabesstill.

Aus den geheimen Lebenserinnerungen der Alten Wöhr Teil XIV

Wie oft hatte ich mir gewünscht, dass Zeitlöcher sich irgendwie transportieren ließen. Es wäre wunderbar, es wäre praktisch und ich hätte meinen Zeitenläufern immer ein Zeitloch mitgeben können. Als ich später von ihnen erfuhr, was sich in Catilinas Haus zugetragen hatte, wurde mir wieder einmal bewusst, wie viel weniger gefährlich ihre Aufgaben gewesen wären. Mit einem Zeitloch im Gepäck wäre es für sie ein Leichtes gewesen, aus Catilinas Bad zu entkommen. Aber Zeitlöcher ließen sich nun mal nicht im Raum bewegen. Und einen anderen Ausweg gab es aus dem Raum nicht. Sie saßen in der Falle.

17. Kapitel

Pssst!«

»Wer ist da?«

»Frag nicht, beeil dich einfach!«

Lenz hatte keine Ahnung, wie lange sie eingesperrt waren. Auf jeden Fall zu lange. Er wollte nur noch raus. Raus aus diesem Grab von einem Bad, raus aus Rom und vor allem raus aus dieser Zeit, in der jeder noch so vornehme Mann mit einem Dolch unter der Toga herumlief! Das einundzwanzigste Jahrhundert war ja auch nicht gerade frei von Gefahren, aber diese Antike war irgendwie doch viel lebensgefährlicher als eine Radtour über die Autobahn!

Die Zeitenläufer hatten sich auf die Liegen im Massageraum gelegt und waren eingeschlafen. Von seinem Platz aus hatte Lenz einen ungehinderten Blick auf die verschlossene Tür zum Garten. Jetzt stand die Grabmal-Tür einen Spalt offen. Der Halbmond warf einen schmalen silbernen Lichtstreifen auf die Kacheln.

»Weck die anderen, schnell!«

Endlich erkannte Lenz die Stimme. Es war Fulvia. Er

rüttelte Fenne, die neben ihm auf der breiten Liege schlief, an der Schulter. Aber dann erblickte er den Mann, der hinter Fulvia im Mondlicht auftauchte.

»Pass auf!«, zischte Lenz.

Aber Fulvia passte nicht auf. Und das musste sie auch nicht!

Der Mann stemmte sich gegen die Säule und öffnete die Tür noch ein Stückchen. Es war Gaius Cornelius, der Leibwächter des Cicero!

»Was machst du denn hier?«, fragte Lenz erleichtert, während Fenne die anderen Zeitenläufer weckte.

Cornelius runzelte die Stirn. »Ich riskiere meinen Kopf für fünf ungezogene Gören, die mir davongelaufen sind!« Er warf einen Blick zurück in den Garten. »Macht schnell, bevor Rufus entdeckt wird!«

Sie schlichen sich aus dem Bad. Cornelius schob die schwere Tür wieder zu.

Lenz sog die Nachtluft tief ein. Endlich waren sie wieder frei! Aber sie hatten keine Zeit zu verlieren.

Cornelius führte sie in die hinterste Ecke des Gartens. Hier stand eine Marmorskulptur vor der Mauer. Sie zeigte einen muskulösen Mann mit einer recht langen Nase und leicht gewelltem Haar, das wie eine Mütze auf dem Kopf saß. Der Marmor-Mann trug eine Toga und ein Schwert.

»Hier rauf!«, sagte Cornelius. Oben auf der Mauer, über dem Kopf der Skulptur, hockte Rufus. Henrik machte den Anfang: Er kletterte auf den Sockel der Skulptur, setzte seine Füße geschickt auf die Falten, die die Toga warf, stützte sich auf dem Marmorschwert ab und stieg schließlich auf den Kopf, von wo aus er mit Rufus' Hilfe auf die Mauer gelangte.

»Wer ist das eigentlich?« Lenz deutete auf die Skulptur, während Cornelia und Silvester es Henrik gleichtaten und über die Mauer aus dem Garten des Catilina flüchteten.

»Ein Onkel von mir«, antwortete Cornelius. Er reichte Lenz die Hand, um ihm beim Klettern zu helfen. »Lucius Cornelius Sulla. Ein fürchterlicher Mistkerl, wenn du mich fragst.«

Lenz schwitzte, stieg Sulla auf den Marmorkopf und ließ sich von dem kräftigen Rufus hinaufhelfen. Ihm folgten Fenne, Fulvia und schließlich Cornelius selbst.

»Springt nicht von der Mauer!«, flüsterte Cornelius. »Das Haus ist umstellt von den Freunden Catilinas!« Der Mann deutete auf ein Dach, das sich an die andere Seite der Mauer anschloss. »Wir müssen da rüber!«

Sie balancierten über die Mauer, und Lenz hielt den Atem an, damit er nur ja nicht wieder stolperte. Sie stiegen auf das Dach und krabbelten auf allen vieren über den Dachfirst auf die andere Seite. Von dort liefen sie weiter bis zum Dach des Nachbarhauses, überquerten auch dessen Dachfirst und rutschten erst dort an einem Seil, das Cornelius und Rufus dort angebracht hatten, auf die Straße hinunter.

»Cicero erwartet uns!«, sagte Cornelius und trabte voraus.

»Wie hast du uns gefunden?«, fragte Henrik, während sie durch die Straßen rannten.

»Ihr habt drei gute Freunde in Rom«, antwortete Cornelius. »Einer läuft neben mir.«

Es war Rufus.

»Ohne ihn wäre ich den Freunden von Catilina glatt in die Arme gelaufen. – Euer zweiter Freund ist eine Frau. Sie ist wunderschön, und ich würde sie sofort heiraten, wenn sie nicht mit einem Halunken namens Curius zusammenleben würde.« Cornelius lächelte über seine Schulter hinweg der schönen Fulvia zu. »Sie hat mir gezeigt, wo ihr eingesperrt seid, und vorher hat sie den Curius mitsamt seinem Freund Catilina dermaßen betrunken gemacht, dass die beiden irgendwo unter dem Tisch im Garten liegen und schlafen.«

Sie rannten an einer Kneipe vorbei, aus der ein lallender, betrunkener Mann stolperte. Der Mann fiel vornüber auf die Straße und begann zu kichern.

Cornelius stieg über den Betrunkenen und sagte: »So ähnlich dürfte Catilina jetzt auch aussehen!«

»Und der dritte Freund?«, hakte Henrik nach.

»Der dritte Freund war derjenige, der mich überhaupt wieder auf eure Spur gebracht hat. Ich war zurück zu Ciceros Haus gegangen, nachdem ihr mich heute Nachmittag ja so geschickt abgeschüttelt hattet.«

Lenz hörte Fenne, die neben ihm lief, leise kichern. Lenz hingegen war nicht so recht zum Lachen zumute. Vielleicht wäre es besser gewesen, wenn sie Cornelius in ihre Geheimnisse eingeweiht hätten. Denn ohne ihn würden sie noch immer hinter dem Grabmal des Catilina in seinem Privatbad sitzen!

»Und es war sicherlich keine Kleinigkeit für euren dritten Freund, ausgerechnet zu Cicero zu gehen. Denn den kann er nicht ausstehen. Aber daran könnt ihr sehen, dass er eben ein echter Freund sein muss. Er sagte mir, dass ihr den Catilina mindestens so an der Nase herumführen wolltet, wie ihr mich an der Nase herumgeführt habt. Und ihn plagte ein ziemlich schlechtes Gewissen, weil er euch nicht davon abgehalten, sondern euch sogar geholfen hat.«

»Wie ist sein Name?«, fragte nun auch Silvester.

Cornelius blieb vor einer Haustür stehen und klopfte. »Wisst ihr das noch nicht selbst?«

»Sallust«, sagte Lenz.

Cornelius nickte.

Zwei Wachen öffneten die Tür und ließen sie ins Haus des Cicero eintreten.

Cornelius lief durch das mit Öllampen und Fackeln erleuchtete Atrium, bog in den mit einem Säulengang umgebenen Garten ein und führte sie schließlich in einen Raum, der von diesem privaten Teil des Hauses abging.

»Da seid ihr ja!« Cicero stand von einer Arbeitsliege auf.

»Den Göttern sei Dank!« Auch Sallust erhob sich von einer zweiten Liege.

»Ihr habt diesem Mann hier eine Menge zu verdanken«, sagte Cicero und deutete auf den Quästor Sallust. »Wenn er nicht über seinen Schatten gesprungen wäre, um uns zu alarmieren …«

Lenz hörte gar nicht so recht hin. Er war nur froh, dass

sie endlich in Sicherheit waren. Mehr oder weniger jedenfalls. Denn bei den Freunden von Catilina konnte man ja nie wissen …

Während Sallust und Cicero auf sie einredeten, betrachtete Lenz das Zimmer, in dem sie standen. Alle vier Wände waren mit besonders tiefen Regalen ausgestattet, in denen Schriftrollen lagerten. Es war eine regelrechte Bibliothek! In der Mitte stand ein niedriger Tisch, auf dem zwei Öllampen brannten, die den Raum in ein warmes gelbes Licht tauchten. Rechts und links von diesem Tisch standen die beiden Liegen, auf denen Sallust und Cicero geruht hatten.

»Wir haben Sallust einiges zu verdanken«, sagte Henrik schließlich. »Und Cornelius und Rufus und Fulvia vielleicht noch mehr.« Er nickte Fenne zu. »Aber wir waren erfolgreich.«

Fenne zog den Becher des Protagoras aus ihrer Tunika hervor.

Cicero nahm den Becher und wog ihn in der Hand. »Also das ist der Zauberkelch? Wer aus ihm trinkt, dem glauben seine Zuhörer jedes Wort, egal ob wahr oder falsch.« Er lächelte. »Ihr wollt ihn nicht zufällig mir überlassen?«

Fenne nahm den Becher wieder an sich. »Kommt nicht infrage! Der alte Scaevola hat uns den Auftrag gegeben, den Becher verschwinden zu lassen«, sagte sie energisch. »Und das werden wir tun!«

Cicero warf Sallust einen prüfenden Blick zu. »Aber gehört der Becher denn nicht zum römischen Staatsschatz?«

Sallust lächelte matt und schüttelte den Kopf. »Ich kann mich nicht daran erinnern, ihn jemals gehabt zu haben oder dass der Becher des Protagoras in irgendeinem schriftlichen Verzeichnis des Staatsschatzes auftaucht.«

Cicero nickte. »Gut, beugen wir uns dem letzten Willen meines Freundes und Lehrmeisters.« Er sah von Fenne zu Lenz, ließ seinen Blick weiter über Cornelia und Silvester gleiten, bis er schließlich auf Henrik ruhte, und sagte: »Ich danke euch! Ihr habt mir das Leben gerettet, Rom vor einem weiteren Bürgerkrieg bewahrt und eine schreckliche Verschwörung auffliegen lassen. – Das ist keine Kleinigkeit.« Er räusperte sich. »Mein Dank und meine Großzügigkeit sind euch gewiss! Womit kann ich euch dienen?«

Die fünf Kinder sahen sich an. Was konnte Cicero schon für sie tun?

»Wir müssen noch heute Nacht raus zur Via Appia. Mit dem Becher und mit Cornelius und Rufus als Leibwachen«, sagte Silvester. »Aber Cornelius und Rufus müssen uns allein lassen, sobald wir es wünschen.«

Cicero nickte. »Es sei euch gewährt!«

»Und Rufus soll endlich freigelassen werden«, entfuhr es Cornelia. »Aber das kann ja auch mein Vater erledigen.«

Cicero musterte Rufus. »Er soll für seine Heldentaten als erster freigelassener Sklave Roms die vollen Bürgerrechte erhalten. Das Schreiben werde ich gleich aufsetzen.« Cicero sah über ihre Köpfe ins Leere. »Sonst noch was?«

Lenz schluckte und nickte. »Schreibt auf, wie es ausgeht«, sagte er. Er sah von Cicero zu Sallust. »Am besten beide, das ist sicherer.«

Sallust und Cicero sahen sich an. »Was meinst du?«

Lenz schnaufte. »Schreibt auf, was aus den Verschwörern wird, wer alles dazugehört, die ganze Geschichte des Catilina und seiner merkwürdigen Freunde.« Lenz sah über die Schulter zu Fulvia. »Falls ihr noch ein paar Details wissen wollt, fragt einfach Fulvia.«

»Wozu diese Schreibübung? Kommt doch einfach morgen früh zum Senat. Die Türen sind immer offen, wenn wir tagen. Dort werdet ihr hören, wie ich allein mit meinen Worten und ganz ohne die Kraft eines Zauberbechers den Catilina zu Fall bringen und die Republik retten werde!«, sagte Cicero.

Und auch Sallust fragte: »Warum sollen wir die Geschichte dieser nichtsnutzigen Verschwörer aufschreiben?«

»Tut es einfach. Für mich und die Nachwelt«, antwortete Lenz. Diese Antwort verstanden Cicero und Sallust zwar nicht ganz, aber sie waren als echte Staatsmänner diplomatisch genug, sich damit zufriedenzugeben.

Aus den geheimen Lebenserinnerungen der Alten Wöhr Teil XVII

Als meine Zeitenläufer mir von Lenz' Wunsch berichtet hatten, wurde mir erst heiß und kalt, denn es wäre fatal gewesen, wenn je eine unserer Aktivitäten in irgendeinem Zeugnis dokumentiert worden wäre. Aber ich hatte meine umsichtige Fenne unterschätzt: Sie hatte Cicero und Sallust das Versprechen abgenommen, dass die Zeitenläufer selbst in den Berichten, die sie auf Lenz' Wunsch schrieben, nicht vorkommen würden. Das hatten die beiden Staatsmänner auch zugesagt. Und dieses Versprechen hielten sie bekanntlich auch. Aber bevor es so weit kam, musste sich natürlich Cicero erst einmal seines politischen Überlebens versichern. Es wird ihn wohl die halbe Nacht gekostet haben, jene Rede zu schreiben, mit der er gegen Catilina letzten Endes antrat. Meine Zeitenläufer hingegen schlichen sich aus dem nächtlichen Rom, dem Zeitloch entgegen.

18. Kapitel

Da standen sie nun wieder im Grab an der Via Appia. Das Zeitloch schwebte in dem von Urnenregalen gesäumten Raum. Fenne, Lenz und Henrik hatten ihre eigenen Kleider aus dem Zeitloch gefischt und wieder angezogen. Cornelia hatte die Tuniken und Sandalen in die Tasche gesteckt.

»Werden wir uns wiedersehen?«, fragte Cornelia.

Fenne zwinkerte Lenz aus ihren blauen Augen zu. »Wir werden! Dafür wird die Alte Wöhr schon sorgen!«

Henrik streckte seine rechte Hand aus. »Wir halten zusammen, komme, was da wolle, oder?«

Sie nickten.

»Also schlagt ein, Freunde!«, sagte Henrik.

Cornelia legte ihre Hand auf Henriks Hand. Silvester, Lenz und Fenne taten es ihr gleich. So bildeten sie einen engen Kreis von Eingeschworenen – und Lenz wäre schon wieder fast ohnmächtig geworden, als er Fennes warme Hand auf seiner spürte.

»Wie lautet unser Gruß?«, fragte Henrik. »Bis früher? Auf Wiedersehen? Bis später?«

Fenne grinste. »Die Alte Wöhr sagt immer: ›Bis gleich!‹«

Henrik nickte. Und dann sagten sie es alle fünf wie aus einem Munde: »Bis gleich!« Sie sahen sich noch einen Augenblick in die Augen.

»Wir sind echt gut«, sagte Silvester.

»Und die Sklaverei schaffe ich morgen ab«, fügte Cornelia hinzu.

»Und wer soll dann die Küche schrubben?«, fragte Silvester entsetzt.

Cornelia zuckte mit den Schultern. »Du!«

Silvester lachte schallend. »Sei nicht albern!«

Noch während Cornelia und Silvester über Sinn und Unsinn der Sklaverei diskutierten, sah Lenz, dass Fenne zum Zeitloch klettern wollte. Er hielt sie an der Schulter zurück. »Kommst du allein klar?«

Fenne lächelte ihr Fenne-Lächeln. »Ab jetzt wird es der reinste Spaziergang! Weißt du, mit wem ich nach Rom gekommen bin?«

Lenz schüttelte den Kopf.

»Kaiser Barbarossa!« Fenne zwinkerte Lenz zu. »Und sein Ritter Dietrich hat versprochen, mich zurück nach Köln zu bringen.«

Da war Lenz erleichtert. Dietrich, den Ritter im Dienste Friedrich Barbarossas, kannte er von einer früheren Reise. Aber das war eine andere Geschichte.

Fenne kontrollierte noch einmal, ob der Becher des Protagoras auch wirklich in ihrer Tasche war. Dann kletterte sie ins Zeitloch. Nur ihr rothaariger Kopf guckte noch heraus, als sie sagte: »Bis gleich!« Und noch ehe die anderen antworten konnten, war sie schon Richtung Mittelalter abgetaucht.

»Es wird Zeit, Henrik«, sagte Lenz. Fenne war kaum im Zeitloch verschwunden, als sie ihm auch schon fehlte.

Henrik gab Silvester noch einmal die Hand. »Danke für die gute Zeit hier«, sagte er. »Grüß deine Eltern und Rufus und alle noch einmal von uns und sag ihnen, dass wir ganz plötzlich wieder nach Capua mussten.«

Dann sah er Cornelia an. Und bei den Blicken, die Cornelia und Henrik da austauschten, war sich Lenz plötzlich nicht sicher, ob den beiden der Abschied nicht mindestens so schwer fiel wie ihm der von Fenne.

»Mach's gut und bis gleich, Cornelia!«, sagte Henrik.

»Bis gleich«, murmelte Cornelia.

Lenz glaubte, im Schein der Öllampe in Cornelias Auge eine Träne glänzen zu sehen.

»Tschüssi«, sagte Lenz, um die Peinlichkeit in Grenzen zu halten, und kletterte schon rauf zum Zeitloch.

Als er sich umdrehte, sah er noch, wie Henrik Cornelia zum Abschied seine Sonnenbrille schenkte.

»So was dürfen wir nicht, das hat die Alte Wöhr ausdrücklich verboten!«, sagte Lenz.

»Halt die Klappe, und mach, dass du ins einundzwanzigste Jahrhundert kommst, mein Freund!«, knurrte Henrik.

»Da ist sie!«

»Wer?«

»Deine Lampe!«, sagte Lenz.

Sie standen in den Katakomben und es war finster. Es war verflixt finster. Aber der Schein der Taschenlampe wirkte beruhigend auf Lenz' Nerven. Sie waren wieder zurück im einundzwanzigsten Jahrhundert.

Die beiden Freunde liefen, so schnell sie konnten, durch die Gänge, folgten dabei wieder den Fischen mit den drei Augen und schon bald hörte Lenz die kräftige Stimme der Fremdenführerin von ferne zu ihnen dringen.

Die Dame erklärte die herrlichen Deckengemälde der Katakomben. Henrik und Lenz kamen endlich an den elektrisch beleuchteten Gang, von dem sie abgebogen waren. Sie sprangen über die Absperrkette und rannten den Weg entlang, bis sie wieder zur Besichtigungsgruppe stießen.

»Da seid ihr ja«, flüsterte Lenz' Mutter, während die Fremdenführerin weiter erklärte, was es mit den christlichen Symbolen an der Decke auf sich hatte. »Für einen Moment dachte ich schon, ihr wärt verschwunden.«

Lenz antwortete nicht darauf, sondern betrachtete schweigend die Deckengemälde, die die Christen ungefähr dreihundert Jahre nach der Verschwörung des Catilina an die Decken ihrer Katakomben gemalt hatten.

»Aber morgen besichtigen wir das Forum, die Via Sacra, den Palatin und unbedingt das Kapitol, oder?«, flüsterte Lenz seiner Mutter zu.

Anna Jacobi grinste. »Sag bloß, dass es dir hier unten doch zu unheimlich wird!«

Lenz musste fast lachen. Hier und unheimlich! Es waren zwar Gräber, aber sie waren elektrisch beleuchtet! Kein Stück gruselte ihn das! »Nö, ich hab nur langsam keine Lust mehr auf die Dunkelheit«, sagte er. Und das war die Wahrheit.

Anna Jacobi legte eine Hand auf die Schulter ihres Sohnes. »Sollen wir schon mal rausgehen?«

Lenz nickte und flüsterte dann: »Ein bisschen Sonnenlicht fänd ich jetzt echt prima, Mama!«

Im alten Rom ...

… entstanden zwei Texte, die von der Verschwörung des Catilina berichten: Der Konsul Marcus Tullius Cicero hat seine vier Reden gegen Catilina aufgeschrieben. Sie sind ebenso erhalten geblieben und berühmt geworden wie die Schrift des antiken Historikers Gaius Sallustius Crispus (genannt: Sallust), der ein schmales Buch mit dem Titel »Die Verschwörung des Catilina« schrieb.

Zum Kreis der Verschwörer um Lucius Sergius Catilina gehörte eine ganze Reihe von Römern der Oberschicht, darunter auch einige Senatoren. Catilina (geboren 108 v. Chr, gestorben 62 v. Chr.) hatte sich in den Jahren 63 und 62 v. Chr. um das Amt des Konsuls beworben. Sogar Gaius Julius Caesar und der ebenfalls mächtige Crassus standen hinter ihm. Dennoch stimmte die Mehrheit der wahlberechtigten Römer für Cicero. (Wahlberechtigt waren übrigens nur Männer mit vollem Bürgerrecht; Frauen, Sklaven – auch freigelassene ehemalige Sklaven –, Ausländer, Gladiatoren usw. durften nicht wählen und nicht gewählt werden. Eine freie, geheime und gleiche Wahl der Regierung, wie wir sie heute kennen, hat es im antiken Rom nie gegeben.)

Als er zum zweiten Mal bei der Wahl zum Konsul gescheitert war, plante Catilina einen gewaltsamen Umsturz: Die Ermordung Ciceros sollte dazu der Startschuss sein. Einige Stadtviertel Roms, in denen seine Feinde wohnten, wollte er niederbrennen. Die Truppen seines Freundes Manlius standen in der Provinz Etrurien (heute heißt diese Gegend Italiens »Toskana«) auch schon bereit. Aber Cicero konnte Catilinas Verschwörung vor dem Senat aufdecken und den Putschversuch niederschlagen.

Catilina wurde aus der Stadt verjagt, seine Mitverschwörer wurden zum Tode verurteilt. Catilina selbst begann mit Manlius und dessen Truppen in Etrurien einen Kampf gegen die Legionen Roms, wurde aber im Jahr 62 v. Chr. in einer Schlacht bei Pistoria (heute Pistoia, in der Toskana) getötet.

Der Sieg über die Verschwörer um Catilina ist wohl der größte politische Erfolg, den Cicero, der als Konsul und später als Senator für den Erhalt der Republik in Rom gekämpft hat, in seinem Leben errungen hat. Die Republik aber konnte Cicero trotz dieses Sieges nicht dauerhaft retten. Denn schon 59 v. Chr. (drei Jahre nach dem Tod Catilinas) wurde Gaius Julius Cäsar zum Konsul gewählt. Und Cäsar hatte wenig für die Republik übrig. Er ließ sich im Februar des Jahres 44 v. Chr. zum Diktator auf Lebenszeit ernennen – somit war die Republik abgeschafft. (Auch wenn Cäsar nur einen Monat Diktator »auf Lebenszeit« war, weil er bereits an den Iden des März (d.h. am 15.3.) des Jahres 44 v. Chr ermordet wurde …)

Amnis
VIA FLAMINIA
TIBER
Arx
1
2
3
4
5
8
9
VIA SACRA
MONS AVENTIUS

ROM
ZUR ZEIT
DER REPUBLIK
1. Kapitol
2. Forum Romanum
3. Tempel des Saturn
4. Basilica Aemilia
5. Circus Maximus
6. Katakomben
7. Wohnhaus mit Atrium
8. Stadttor
9. Mietshaus (Insulae)
Servianische Stadtmauer
ALIS
7
NS
OPPIUS
ELIUS
VIA TUSCOLANA
6
VIA LATINA
PPIA

Foto: © Hannes

Christian Tielmann wurde 1971 in Wuppertal geboren. Er studierte Germanistik und Philosophie in Freiburg und Hamburg. Heute lebt er in Köln. Seit 1999 schreibt er für verschiedene Verlage Kinder- und Jugendbücher.

Michelle Paver

Die Chronik der dunklen Wälder – Wolfsbruder

288 Seiten ISBN 3-570-12905-5

Dunkel sind die Wälder 6000 Jahre vor unserer Zeit … Zwölf Sommer lang hat Torak mit seinem Vater in den Wäldern verborgen gelebt. Nun ist der Vater tot, ermordet von einem Bären, in dem sich dunkle Mächte vereinen. Und allein Torak soll die Kraft haben, dieses Böse zu besiegen. Gemeinsam mit einem jungen Wolf und dem Mädchen Renn begibt er sich auf die abenteuerliche Reise zum Berg des Weltgeistes, um den Auftrag seines Vaters zu erfüllen.

7360

cbj

www.cbj-verlag.de

Christian Tielmann

Die Zeitenläufer –

Mit Volldampf ins Mittelalter

144 Seiten ISBN 978-3-570-13223-4

Braunschweig um 1180: Die Suche nach einem rätselhaften Buch führt die Zeitenläufer Henrik, Lenz und Fenne ins mittelalterlichen Deutschland nach Braunschweig. Ungeheuerliches ist im Gange: Heinrich der Löwe scheint über unerschöpfliche Geldquellen zu verfügen und es heißt, er kaufe jede Waffe auf, die zu haben ist. Krieg liegt in der Luft! Die Zeitenläufer geraten mitten hinein in den Machtkampf zwischen Barbarossa und Heinrich dem Löwen – und in die Jagd auf das geheimnisvolle Buch, als sie versuchen, am Rad der Geschichte zu drehen.

Geraldine McCaughrean

Peter Pan und der rote Pirat

320 Seiten   ISBN 978-3-570-13206-7

»Nun träumen sie jede Nacht von Nimmerland und wenn sie erwachen, finden sie seltsame Souvenirs auf ihrem Kopfkissen: Dolche, Tau-Enden, Blätter oder Piraten-Haken.«

Peter Pan, der Junge, der nicht erwachsen werden will, fliegt wieder. Und sein Zauber ist ungebrochen. Peter, Wendy, Tinkerbell und natürlich Hook entführen den Leser in die poetische Welt von Nimmerland.